FELIX SCHLÖSSER

Befreiter leben

ERLÖSUNG, DIE VON GOTT KOMMT

BERNHARD HÄRING ZUM 70. GEBURTSTAG

P. Dr. Felix Schlösser CSsR, geboren 1927 in Bonn. Von 1965–1981 Direktor des Institus der Orden für missionarische Seelsorge / Frankfurt. Seit 1981 in Bous / Saar in einem Team von Redemptoristen in der Gemeindemission und Gemeindebegleitung tätig.

2. Auflage
Imprimi Potest, Köln 18. 6. 82
P. Dr. Michael Kalz CSsR, Provinzial
Umschlagseite: Karl-Heinz May CSsR
Gesamtherstellung: Luthe-Druck, Köln
ISBN: 3-87342-014-7
Hofbauer-Verlag, Bonn

INHALT

Hinführung

Erlösung, die ganz von Gott her kommt ● Für alle Menschen, besonders die „Bedürftigen“ ● Erlösung und Befreiung des Menschen gehören zusammen ● Befreite Freiheit

ERLÖSUNG: EINE FREIHEIT WIE GOTT SIE MEINT

Hinführung

Dieses kleine Buch ist aus einer Predigtreihe herausgewachsen, deren Thema lautet: „Erlösung – eine Freiheit, wie Gott sie meint“. Ihr konkreter Anlaß ist das 250jährige Bestehen der Gemeinschaft der Redemptoristen. Dennoch wird in diesen Texten nicht von den Redemptoristen geredet, wohl aber von der *redemptio:* der Erlösung als dem zentralen Geschehen der Menschheitsgeschichte, dem befreienden Handeln Gottes in Jesus Christus.

Die Vergangenheit der Redemptoristen kann ja nur deswegen in einem Jubiläum gefeiert werden, weil sie 250 Jahre von demjenigen gelebt haben, der ihnen den Namen gab: Redemptor, Erlöser des Menschen. Sie schrieben es in ihr Ordenswappen: „Erlösung ist bei ihm überreich!“ Ein solches Jubiläumsjahr, ein Jahr des Feierns, muß zu einem Jahr der Besinnung werden auf den, der den Redemptoristen das Leben gab.

Leben ist alles andere als ein Lebensmittellager mit festen Beständen. Erlösung wäre zum Absterben verurteilt, wenn sie aus Konserven leben müßte. Gelebte Erlösung, gelebte Freiheit! Das kann nicht beschränkt bleiben auf ein Jubiläum und auf die, die es feiern. Darum möchten die auf den folgenden Seiten gesammelten „Nach-Betrachtungen“ zum Thema Erlösung – verstanden als Freiheit, die von Gott her kommt – dazu einladen, sich auf den zu besinnen, aus dem Christen nicht erst seit 250 Jahren, sondern seit 2000 Jahren leben.

Als Hinführung zu den Predigt- und Meditationstexten möchte ich unter einigen Leitgedanken kurz entfalten, warum Erlösung des Menschen sich ganz Gott verdankt; warum sie allen Menschen, besonders den Zukurzgekommenen, gilt; und warum Erlösung zu einem befreiteren Leben verhilft.

Erlösung, die ganz von Gott her kommt

Dies ist wohl das Allerwichtigste, worauf wir uns zu besinnen hätten, wenn es um Erlösung geht. Erlösung könnte nicht gelebt werden, müßte der Mensch selber Grund seiner Erlösung sein, hätte er auf sich selber zu hoffen. Eine kleine Geschichte mag das illustrieren. Nachdem eine Spinne ihr Netz gesponnen und es immer engmaschiger ausgekünstelt hatte, auch allerlei Beute eingeheimst hatte, lief sie nach einem erfolgreichen Tag ihr Netz noch einmal ab. Sie vernarrte sich richtig darin. Plötzlich entdeckte sie wieder den Faden nach oben. Vor lauter spinnen und laufen und fangen hatte sie diesen Faden völlig vergessen. Sie verstand jetzt auch nicht mehr, daß alles an diesem Faden hing. Darum erachtete sie ihn für überflüssig und biß ihn kurzerhand ab. Im gleichen Augenblick fiel das Netz über sie zusammen, wickelte sie ein wie ein nasser Lappen und erstickte sie.

Viele Menschen kommen sich in ihrem Leben völlig überfordert vor. Liegt das nicht daran, weil sie diesen Lebensfaden, an dem alles hängt, übersehen, von ihm absehen, sich selber davon abschneiden? Der große Lebenszusammenhang ist ihnen verlorengegangen. Oder nie aufgegangen. Das mühsam Aufgebaute, ihr eigenes Werk fällt über ihnen zusammen. Wie wollen wir alle denn mit den vielen Ausweglosigkeiten und Vergeblichkeiten unseres Lebens fertig werden? Dies betrifft auch unsere Anstrengungen in moralischer Hinsicht. Ohne die Erlösung durch Gott wird jedes moralisch-sittliche Lebensprogramm, gerade ein so menschlich anforderndes wie das Evangelium, über mir zusammenfallen. Es würde mich erdrücken, mich total überfordern. Vor allem könnte kein Mensch mit seiner Schuld, mit seinen Grenzen leben, wenn Gott nicht grenzenlos vergebungsbereit wäre. Wenn er nicht, wie sein Weg in Jesus von Nazaret gezeigt hat, sich in einer „maßlosen" Liebe an uns Menschen verschwendet hätte. Von ihm allein kommt dem Menschen Erlösung. An ihm hängt immer noch alles.

Das Eigentliche geschieht immer noch durch Gott. Er hat dem Menschen nicht in Christus Erlösung erwirkt, um es uns dann zu überlassen, diese Erlösung in die Tat umzusetzen. So etwa: „Ich habe das Meinige getan – jetzt seid ihr dran. Nun schaut mal, was ihr daraus macht!" Nein, Gott erlöst uns fortwährend und will das immer nachhaltiger tun. Er macht uns jetzt und heute frei. Wenn wir nur den Lebensfaden nicht abschneiden, uns aus der Lebensverbindung mit ihm lösen! Nicht wir müssen es tun, nachdem Gott das Seine getan hat. Vielmehr tut Gott auch jetzt noch das Entscheidende. Und er wirbt darum, daß ich seiner Verheißung glaube, daß ich diesem Wunder der Liebe in meinem Leben Raum gebe. Erlösung, die ganz von Gott her kommt.

Erlösung für alle Menschen, besonders die „Bedürftigen"

In der Synagoge von Nazaret hat Jesus seine Sendung mit prophetischen Worten aus dem Alten Testament zusammengefaßt:

Der Geist des Herrn ruht auf mir;
denn er hat mich gesalbt.
Er hat mich gesandt,
damit ich den Armen eine gute Nachricht bringe;
damit ich den Gefangenen die Entlassung verkünde
und den Blinden das Augenlicht;
damit ich die Zerschlagenen in Freiheit setze
und ein Gnadenjahr des Herrn ausrufe (Lk 4,18 f.).

Die Armen, die Gefangenen, die Blinden, die Zerschlagenen – das sind diejenigen, für die Jesus kam und auch heute noch kommt. Damit sind nicht nur die körperlich Blinden oder die sozial Armen gemeint. Allen der Hilfe Bedürftigen, allen Armen will Gott Erlösung bringen. Alle Armen – auch die armen Reichen – will Gott reich machen.

Die Redemptoristen, die sich damals in Neapel, um 1730, Alfons von Liguori anschlossen, haben in die Mitte des Evangeliums gegriffen, als sie sich in ihrer missionarischen Tätigkeit ganz an den Armen, die Gott liebt, orientierten. Von dem, was sie sich vorgenommen haben, sind wir Redemptoristen bis heute nicht losgekommen. Die Armen sind ein Stachel in unserem Fleisch geblieben. Das ,,evangelizare pauperibus": den Armen das Evangelium bringen, ist zur obersten Leitvorstellung unseres Ordens geworden.

Bis zu seinem siebenundzwanzigsten Lebensjahr hatte Alfons von Liguori in Patrizierhäusern und an Gerichtshöfen gelebt. Er war ein gefeierter Advokat. Dann verließ er die feine Gesellschaft. Schon nach dieser ersten Bekehrung, wie er sie nannte, und die ihn auf den Weg des Priestertums geführt hatte, suchte er in Neapel den Umgang mit dem ,,niederen Volk", um all denen, die dazugehörten, Prostituierte nicht ausgeschlossen, zu erzählen, wie sehr sie von Gott geliebt sind. Dann kam die zweite Bekehrung. Alfons entdeckte mit 36 Jahren: es waren da noch Ärmere, die überhaupt keine Möglichkeit hatten, mit Jesus und seinem Evangelium in Berührung zu kommen. In Neapel gab es damals haufenweise Priester, die allerdings meist in ihren Familien hockten. Aber immerhin, die Fischhändler und Lastträger, die zerlumpten ,,Lazzaroni" fanden geöffnete Kirchen, in denen gepredigt wurde. Aber die Ziegenhirten da oben in den Bergen, in der Gegend von Scala und Tramonti und Ciorani, waren wirklich, wenn nicht von Gott, so doch von der Kirche verlassen. Hirten ohne Hirten.

Alfons wird wie Jesus gefühlt haben, vom dem es heißt: ,,Als er die vielen Menschen sah, hatte er Mitleid mit ihnen; denn sie waren müde und erschöpft wie Schafe, die keinen Hirten haben" (Mt 9,36). Eine Klage, die wir auch aus dem Alten Testament kennen: ,,Die Kleinen betteln um Brot; keiner bricht es ihnen" (Klgl 4,4). Menschen, die nicht nur physisch arm, sondern auch in geistigreligiöser Hinsicht unter dem Existenzminimum lebten. Als Alfons auf diese Menschen stieß, zögerte er nicht lange. Heute würden wir sagen: er setzte Prioritäten. Er fand Priester und Laien, die mit ihm, wie er sich ausdrückte, zu den ,,verlassensten Seelen" gingen.

Die Prioritäten hatte zuvor Gott in Jesus gesetzt: eine Erlösung, die allen Menschen gilt – besonders denen, die kaum oder gar nicht Beachtung finden. Die gibt es auch heute in großer Zahl, auch in dem sich so zivilisiert gebenden Europa. Wer könnte da jeweils die ,,richtigen" Armen aussortieren; z. B. aus den Ratsuchenden, die sich in unseren Städten der seelsorglichen Lebensberatung bedienen? Ähnliches gilt vom Gespräch mit bestimmten ,,Problemgruppen", die sich nicht mit sozialen Randgruppen decken: alleinerziehende Elternteile, wiederverheiratete Geschiedene, Drogenabhängige, Strafentlassene. Oder sehen wir auf die Gruppe der Frauen, bei denen sich eine Auszugsbewegung aus der Kirche anbahnt, die der Arbeiterschaft im vorigen Jahrhundert vergleichbar ist.

Erlösung für alle Menschen, besonders die ,,Bedürftigen" – dieser Grundzug Gottes in seinem Handeln muß unsere Verkündigung, unsere kirchliche Praxis durchziehen und prägen.

Erlösung und Befreiung des Menschen gehören zusammen

Frei zu sein, befreiter leben zu können, gehört zu den Grundbedürfnissen des Menschen. Vielleicht gipfelt sogar in der Freiheit all das, was Menschen von ihrem Leben – ja, über dieses Leben hinaus – erwarten und ersehnen. Ohne Freiheit jedenfalls können andere hohe Güter wie Frieden sich nicht entfalten. Freiheit macht alles andere erstrebenswert. Sowohl die gesamte Menschheitsgeschichte wie die Lebensgeschichte des einzelnen Menschen lassen sich als Befreiungsgeschichte verstehen; mögen sie auch oft genug als Geschichte der Unfreiheit erfahren werden.

Das unausrottbare elementare Bedürfnis nach Freiheit kann auf mancherlei Weise erfüllt werden. Denn es ist in seiner Richtung nicht festgelegt. Freiheit bleibt offen für vieles. Viele Ziele und Inhalte haben sich ihrer bemächtigt. Auf alle möglichen Fahnen wurde sie geschrieben. Und zweifellos war die Freiheit immer auch dem Mißbrauch ausgesetzt.

Auf falsch geleitete Freiheitsvorstellungen haben wir Christen allerdings nicht immer hilfreich reagiert, indem wir negativ dagegensteuerten. Oft haben wir das zu rasch, zu unbesehen getan. Gute Ansätze wurden übersehen oder gebremst, Freiheitsbestrebungen ernsthafter Art als ,,rein human" und innerweltlich abgestempelt. Durch Überbetonung des Gesetzlichen und Normativen in der Kirche konnte der Eindruck entstehen – und nicht bloß der Eindruck –, als sei es mit der ,,Freiheit eines Christenmenschen" nicht so weit her. Kaum besser wurde dies dadurch, daß wir uns, ohnehin dann meist zu spät, an andere Züge anhängten: ,,wir auch . . .!" Der Verdacht lag nahe, die christliche Botschaft könne von sich aus dem Grundbedürfnis des Menschen nach Freiheit nicht entsprechen. Freiheit sei lediglich ein Aufhänger, um dann nachher doch wieder das alte Lied vom ,,Du mußt!" und ,,Du darfst nicht!" zu singen.

Dabei brauchten wir nur das alte, uralte Lied von der christlichen Freiheit anzustimmen. Beispielsweise wie es Paulus fast beschwörend den Gemeinden in Galatien nahebrachte: ,,Zur Freiheit hat uns Christus befreit. Bleibt daher fest und laßt euch nicht von neuem das Joch der Knechtschaft auferlegen!" (Gal 5,1). Mit dem Joch der Knechtschaft meinte Paulus – nicht nur in diesem ,,Brief der Freiheit" – ein religiös verstandenes Joch: nämlich das einer Gesetzesmoral. Gott befreit den Menschen von dem Druck eines Gesetzesdenkens und einer Leistungsreligion. Christus ist ,,das Ende des Gesetzes" (Röm 10,4), weil das Gesetz – feinste Form der Selbsterlösung! – nicht imstande ist, menschliche

Selbstentfremdung zu überwinden. Jegliches Bemühen des Menschen, es doch aus sich selber zu schaffen, wird durch das Gesetz erst in seiner ganzen Hoffnungslosigkeit offenbar. Davon befreit zu werden, war für Paulus *die* Befreiung. Er verkündete die von Gott herkommende Freiheit als die Mitte des Evangeliums. Christus wird für ihn zum Befreier schlechthin. Von ihm erhofft er alles.

Befreite Freiheit

Soll die Rede von der Freiheit kein Werbemittel sein für eine „moderne" Kirche, und soll sie kein leeres Pathos werden ohne Wegweisung, dann müssen wir ihr auf den Grund gehen. Mit dem Titel der neuen Moraltheologie von Bernhard Häring: „Frei in Christus" ist der Grund benannt, warum und wie der Mensch die ihm zugedachte Freiheit zu leben vermag. Und wer ihm die Kraft dazu gibt! Die Unterschiede zu außerchristlichen Freiheitsentwürfen liegen nicht so sehr, zumindest nicht immer, in den verschiedenen Inhalten begründet, sondern in der anderen Beziehungswirklichkeit, in der Juden und Christen stehen. In der personalen, das ganze Leben betreffenden Beziehung zu dem Befreier-Gott der biblischen Geschichtsreligion gründet die Freiheit, die Gott uns eröffnet hat; die dann jedoch in ihren Auswirkungen sehr vieles gemeinsam haben kann mit dem freiheitlichen Denken und Tun jener Menschen, die zu diesem Gott, wenigstens bewußt, keinen Zugang haben.

Es sind darum weniger die Inhalte, noch viel weniger ein anderes Gesetz, was die Unterschiede letztlich kennzeichnet. Diese liegen vielmehr im „Gesetz Christi" (Gal 6,2) begründet, das sich in Jesus von Nazaret verkörpert. In Jesus hat sich der in Freiheit setzende Gott selber uns Menschen mitgeteilt. Wenn Bernhard Häring seine Moraltheologie in der englischen Ausgabe mit „frei und treu in Christus" (free and faithfull in Christ) überschrieben hat, so will er damit den Zusammenhang deutlich machen, der besteht zwischen der uns von Gott geschenkten Freiheit und unserer in der Treue Gottes gründenden Freiheit, aber „nicht im Sinne einer statischen Treue, sondern in . . . Betonung der schöpferischen Dimension der Freiheit in der Treue". In der Einleitung lesen wir dann weiter: „Wenn immer ich an Freiheit denke und von Freiheit spreche, dann erklingt in meinem Herzen das Wort ‚Treue zu Christus', denn er, unser Befreier, ist die Treue und die menschgewordene Freiheit selber. Allzu oft finden wir heute Annäherungen sowohl an Freiheit wie an Treue, die den Eindruck erwecken, als ob es sich um Gegensätze handle. Es ist meine feste Überzeugung, daß wahre Freiheit und radikale Hingabe an die Aufgabe der allseitigen Befreiung Hand in Hand gehen mit schöpferischer Treue."

Unsere geschöpfliche Freiheit muß darum zu einer „befreiten Freiheit" werden. Auch insofern, als Freiheit eine bloße Wahl- und Entscheidungsfreiheit weit überschreitet. Freiheit heißt nicht: zu tun, was wir wollen, sondern zu wollen, was uns in unserem Leben, im Leben mit andern, reicher macht. Und auch dies nicht als bloße Willensanstrengung und eigene Leistung verstanden, sondern im Eingehen auf ein befreiendes, von Gott in Gang gesetztes Handeln. Indem ich mich auf sein Handeln einlasse, seine Lebenspraxis übernehme, werde ich von mir selbst und zugleich zu mir selbst befreit. Um zur Hingabe fähig zu werden: zur Freiheit der Liebe, muß menschliche Entscheidungsfreiheit selber erst geheilt, von innen her freigesetzt werden. Wenn Paulus sagt: „Zur Freiheit hat uns Christus freigemacht!" (Gal 5,1), so spricht er damit aus, daß der Mensch sich nicht selber in die wirkliche Freiheit bringen kann. Gott befreit ihn dazu.

Dazu hätten wir jedoch in eine tiefe Lebensbeziehung, in eine lebendige Begegnung mit Jesus, dem „Redemptor hominis":

dem Erlöser des Menschen, zu treten. Alfons von Liguori hat unter seinen über 100 oft dickleibigen Büchern ein kleines schmales Bändchen als das wichtigste unter all seinen Schriften bezeichnet. Es trägt den Titel: „Die Praxis, Jesus Christus zu lieben“. Das wäre es: in der Orientierung an der Praxis Jesu, aus der Grundbeziehung der Liebe zu ihm, unsere eigene Praxis zu ändern, um zur wahren Freiheit befreit zu werden. Diese Erfahrung mit Jesus hat Alfons förmlich zu den Menschen hingetrieben. Er mußte feststellen: „In Neapel scheint Jesus Christus gänzlich unbekannt zu sein“, und er fügt dieser Feststellung den Satz hinzu: „Meine Sehnsucht ist es, daß Jesus Christus geliebt werde, besonders in diesen Zeiten!“

Daß diese Sehnsucht in Ihnen, den Lesern der folgenden Verkündigungs- und Meditationstexte, immer mehr wächst, daß wir alle mehr und mehr aus einer lebendigen Beziehung zu Jesus Christus leben und handeln und dadurch wirklich frei werden, dazu möchten diese Texte von Freiheit und Erlösung verhelfen. Im Glauben an Jesus, in der Begegnung mit ihm, der den Namen „Jeschua“ trägt: *die* Rettung für den Menschen, können wir wieder an die Freiheit glauben, brauchen wir uns in unserer Sehnsucht nach Freiheit nicht betrogen vorzukommen. Denn die Freiheit, die Gott meint, wird uns von ihm geschenkt. Darin können wir uns mit all unserem Glücksverlangen und unserem Hunger nach Leben und Freiheit wiederfinden.

Erlösung: Eine Freiheit wie Gott sie meint

I. Dem Leben vertrauen

Beginnen wir mit einer befreienden Erfahrung, die jeder von uns machen muß, immer wieder machen muß, um überhaupt leben zu können. Die Erfahrung des Vertrauens: *Die Freiheit, dem Leben vertrauen zu können.* Wer sich mit seinem Leben einverstanden erklärt, wer ihm Sinn abgewinnen kann, wer Ja sagen kann zur Schöpfung und zum Menschen, der erfährt etwas von der Freiheit, wie Gott sie meint. Der kann freier atmen.

Erfahrung des Vertrauens notwendig

1. Der Welt vertrauen als von Gott geschaffen

Vielleicht setzen wir in unserem religiösen Leben zu hoch an – oder versuchen es erst gar nicht. Werden darin müde. Weil wir meinen, wir müßten über die Wolken, um dort Gott anzutreffen. „Droben, überm Sternenzelt, muß ein lieber Vater wohnen!", dichtete Schiller. Wohnt er dort? So jedenfalls nicht, wie wir uns das vor der Ära der Weltraumflüge vielleicht vorgestellt haben.

Unsere Erde nicht überspringen

Was uns bleibt? Sicher nicht nur diese Erde. Dennoch ist sie der Raum, den uns Gott aufgetan hat und wo wir ihm begegnen können. Aber auch das nicht so unmittelbar, so unvermittelt, wie wir es erwarten – oder auch nicht mehr erwarten. Um dem Leben vertrauen zu können, muß ich erst einmal das Leben wahrnehmen.

Das Lebendige wahrnehmen

Vor längerer Zeit stieß ich auf eine Legende: die „Legende vom modernen Menschen":

Ein Mensch verirrte sich eines Tages in der Wüste. Unbarmherzige Sonnenglut hatte ihn ausgedörrt. Da sah er in der Ferne eine Oase.

„Eine Fata Morgana", dachte er, „eine Spiegelung, die mich narrt".

Er näherte sich der Oase, aber sie verschwand nicht. Er sah die Dattelpalmen, das Gras und die Quelle. „Eine Hungerphantasie", dachte er, „die mein wahnsinniges Gehirn mir vorgaukelt".

Er hörte das Wasser rinnen, und er dachte: „Eine Sinnestäuschung – wie grausam doch die Natur ist".

Einige Zeit danach fanden ihn zwei Beduinen tot. „Verstehst du das", fragte der eine den andern, „die Datteln wachsen ihm fast in den Mund, verdurstet liegt er dicht neben der Quelle".

Da erwiderte der andere: „Er war ein moderner Mensch".

Blind für das Naheliegende

Möglicherweise werde ich in dieser „Legende vom modernen Menschen" etwas von mir selber wiedererkennen und werde nicht gleich sagen: So etwas könnte mir nicht passieren! Auf was will uns diese Geschichte hinstoßen? Ich habe da herausgehört: Uns modernen Menschen fällt es schwer, das Einfache und Naheliegende wahrzunehmen. Wir verpassen damit das Größere. Zu leben und zu überleben.

Kein Zweifel, uns modernen Menschen fällt es einfach schwer, das vor uns Liegende wahrzunehmen und darin Sinn zu entdecken. Das hat sicher etwas mit unserer gehetzten Lebensweise zu tun. Ich lasse die Dinge erst gar nicht an mich heran, in mich hinein. Die Oase wird zur Fata Morgana, die Dattelpalme zur Hungerphantasie, das Wasser, das rinnt und plätschert, zur Gehörhalluzination.

Nicht mehr an Wunder glauben

Warum das bei mir so ist, kann auch mit etwas anderem zusammenhängen. Ich rechne nicht mehr mit dem Glück vor meiner Tür. Ich lasse mich nicht mehr überraschen. Ich kann nicht mehr an Wunder glauben inmitten einer ausgehungerten Existenz, auf den Durststrecken meines Lebens. Jeder von uns hat da seine Erfahrungen. Wurde getäuscht, enttäuscht. Jeder ist auf seine Weise irgendwie mißtrauisch geworden. So kann es dann dazu kommen, daß ein Mensch gar kein Vertrauen mehr hat. Zu nichts und zu niemandem mehr. Dann ist es aus mit dem Sehen. Aus mit dem Vertrauen. Aus mit dem Leben.

Aber sind bei mir wirklich schon alle Blenden geschlossen? Wenn uns schon Erde und Himmel umspannende Lebensentwürfe ausgetrieben worden sind, dann fangen wir doch wieder bei den kleinen Dingen an. So klein sind die kleinen Dinge ja gar nicht. Weil sie schön sind – einfach „nur“ schön sind. Ein Tag mit dem ersten Hauch des Frühlings, Weinberge und was in ihnen wächst, ein Fest, ein Gemälde, Musik . . . Da können wir das Wort Nietzsches, das sich gegen die sog. Jenseitsreligion des Christentums wendet, auch richtig verstehen: Wir Menschen sollten wieder ,,gute Nachbarn der nächsten Dinge werden". Und wenn uns diese Erde manchmal wie eine Wüste vorkommt, vielleicht blüht sie doch hier und da, gibt es doch lebenspendende, lebenerhaltende Oasen. Nur, wir sehen sie oft nicht mehr. Obwohl sie am Wege liegen. Mir fallen da ein paar Verse von Joseph von Eichendorff ein:

Manchmal blüht die Wüste

,,Schläft ein Lied in allen Dingen,
die da träumen fort und fort,
und die Welt hebt an zu singen,
triffst du nur das Zauberwort."

Derartige Zauberworte liegen nicht gespeichert in meinen Gehirnwindungen. Ich muß länger mit den Dingen umgehen, muß mich mit ihnen vertraut machen. Ich muß mit dem Herzen sehen.

Mit dem Herzen sehen

Dem Leben vertrauen, der Welt vertrauen als von Gott geschaffen, bedeutet dann auch: in dieser Welt Gott begegnen.

In der Welt Gott begegnen

Zustimmung zur Schöpfung – das kann zur Glaubenserfahrung, ja zur Gotteserfahrung werden. In den geschaffenen Dingen hat das alte Israel jenen Gott wiedererkannt, den es schon in seiner Geschichte – auf dem Wüstenzug und in der babylonischen Gefangenschaft – als den mitgehenden

Gott erfahren hatte. Im Glauben, im Vertrauen. Auch wenn kaum noch Oasen da waren. Diesem Gott traute Israel dann auch zu, daß alles aus seiner Hand hervorgegangen und deshalb gut ist. Auch heute noch wird für gläubige Juden Welterfahrung zur Gotteserfahrung. Denken wir nur an den Maler Marc Chagall und an die Daseinsfreude, die Liebe zur Schöpfung, die uns aus seinen Bildern entgegenleuchtet. Den gläubigen Juden liegt es fern, Diesseits und Jenseits, Gegenwärtiges und Künftiges, Unten und Oben in zwei völlig voneinander abgegrenzte Wirklichkeitsbereiche aufzuspalten. Für sie ist Gott mitten in unserer Wirklichkeit anwesend. Ohne daß er darin aufgeht. Paulus wird später den Athenern sagen: ,, . . . in ihm leben wir, bewegen wir uns und sind wir" (Apg 17,28).

Schöpfungsoptimismus

Gott nicht neben der Welt

Dieses positive Verhältnis zum Diesseitigen, dieses Vertrauen in die Schöpfung – fast so etwas wie ein Ur-Vertrauen – ist in den Heiligen Schriften Israels grundgelegt. Es kann auch uns Christen dazu ermutigen, Gott im Heute zu suchen. Mitten in unserem Leben. Auch in dem, was uns irdisch und menschlich glücklich macht. Wir sollten ein Zwei-Stockwerk-Denken überwinden und das alltägliche Leben nicht neben dem religiösen Leben ansiedeln.

Ein Text aus der Würzburger Synode – ,,Unsere Hoffnung" überschrieben – wagt immerhin vom ,,diesseitigen Vergnügen an Gott" zu sprechen. An Gott und ,,seine Verheißungen in einer überanstrengten Welt". Die Welt ist überanstrengt genug. Überanstrengen wir sie nicht auch noch im Religiösen, indem wir gewaltsam eine Überwelt aufbauen, um diese unsere Welt daran zu messen. Trauen wir den Verheißungen Gottes für diese seine Welt! Er liebt sie. Er liebt sie bis zum Ende. Wir Christen könnten weniger verkrampft erscheinen. Wir könnten in der Liebe zu Gottes Schöpfung etwas erlöster aussehen, gelassener und freier. Freiheit erfahren heißt: der Welt vertrauen als einer Welt, die von Gott geschaffen ist.

Freiheit erfahren im Vertrauen zum Schöpfergott

2. *Dem Menschen vertrauen als von Gott geliebt*

Haben wir bisher von der Welt gesprochen, die Gott erschaffen hat, so soll jetzt die Welt in den Blick kommen, die vom Menschen gestaltet – oder verunstaltet wird. Welt ist nie neutral, sie wird vom Menschen geprägt. Zum Guten wie zum Bösen. Gottes Schöpfung gibt es nie in Reinkultur. Sie ist kein unbeschriebenes Blatt. Immer ist sie konkrete Menschenwelt, eben menschliche Welt. Und da wird es schwieriger mit unserem Vertrauen. Im Umgang mit den Menschen gilt darum, mehr noch als im Umgang mit den Dingen: Es geht nicht ohne Gott. Wollen wir an den Menschen glauben, ihm vertrauen, dann müssen wir sehen, was Gott ihm – uns! – zutraut.

Welt ist immer Menschenwelt

Mitschöpfer Gottes sein

„Die Welt fängt im Menschen an." Dieses Wort von Franz Werfel will wohl besagen: Die Welt wird vom Menschen in die richtige oder falsche Bahn gelenkt. Denn der Mensch erfährt sich als das Geschöpf, das im Unterschied zum Tier in seinem Verhalten nicht festgelegt, nicht vorprogrammiert ist. Der Mensch ist nicht nur auf die Wahrnehmung seiner Sinne angewiesen. Er vermag sozusagen die Innenseite der Dinge zu entdecken. Er kann den anderen Menschen „erkennen". In seinem Du, in seiner unverwechselbaren Eigenart. Darum verwendet die Bibel das Wort „erkennen" auch als Bezeichnung für die leibliche Begegnung von Frau und Mann. Die Freiheit, wählen und entscheiden zu können; die Fähigkeit, Sinn zu finden und Sinn zu stiften; die Gabe, eine Kultur der Liebe zu entfalten – das alles hebt den Menschen aus seiner geschöpflichen Umwelt heraus. Gibt ihm den aufrechten Gang. Verschafft ihm Überblick. Schenkt ihm Überlegenheit im Werten der geschaffenen Dinge, im Setzen von Ordnungen.

Der Mensch vermag tiefer zu sehen

Wie der Schöpfungsbericht erzählt, führte Gott dem Menschen alle Tiere des Feldes und alle Vögel des Himmels zu, damit er sie benenne (Gen 2,19). „Einen Namen geben" besagt nach altorientalischem Verständis: etwas von der Eigenart des Benannten ergreifen, mit der Sprache umgreifen, abgrenzen, geistig orten, dem Ganzen der Welt zuordnen. Etwas mit einem Namen belegen, das besagt ferner: Beziehung zu ihm finden. So ist auch der Schöpfungssegen am Anfang der Tage zu verstehen: „Gott segnete sie, und Gott sprach zu ihnen: Seid fruchtbar, und vermehrt euch, bevölkert die Erde, unterwerft sie euch, und herrscht über die Fische des Meeres, über die Vögel des Himmels und über alle Tiere, die sich auf dem

Sinn stiften

Land regen“ (Gen 1,28, vgl. auch Ps 8,7–9). Das Wort ,,unterwerfen“ kann mißverstanden werden. Und wir Menschen haben es oft mißverstanden als Aufforderung, gewalttätig und ausbeuterisch mit der Schöpfung umzugehen. Wir hätten den Schöpfungsauftrag eher als Schöpfungssegen zu verstehen. Der Mensch soll der Welt zum Segen werden. ,,Wir sind nicht auf der Erde“, sagte einmal Johannes XXIII., ,,um ein Museum zu hüten, sondern um einen Garten zu pflegen, der von blühendem Leben strotzt und für eine schönere Zukunft bestimmt ist“.

Der Mensch ein Segen?

Mit der Freiheit, die ihm gegeben ist, darf der Mensch allem von Gott Erschaffenen Raum eröffnen. Es frei setzen zur Entfaltung seiner in ihm liegenden Möglichkeiten. Die in der Schöpfung verborgen liegenden Kräfte sollen durch den Menschen zutage gefördert, das erst anfanghaft Gestaltete ausgeformt werden. Der Mensch ist als Mitschöpfer Gottes geschaffen. Denn die Schöpfung ist noch im Werden. Man darf sagen: der Schöpfungsakt Gottes vollzieht sich immer noch. Die Welt wird immer noch erschaffen. Und Gott will sich dabei unser bedienen.

Die Welt freisetzen zum Guten

Der Mensch als Mitschöpfer Gottes. Das ist ein wesentliches Merkmal der Abbildlichkeit Gottes im Menschen. Dann sprach Gott: ,,Laßt uns den Menschen machen als unser Abbild, uns ähnlich“ (Gen 1,26). Nach biblischem Schöpfungsglauben ist es Gott gewesen, der den Menschen ,,nur wenig geringer gemacht hat als sich selbst und der ihn mit Herrlichkeit und Ehre gekrönt hat“ (Ps 8,6).

Das Konzil sagt, daß ,,der Mensch auf Erden das einzige von Gott um seiner selbst willen gewollte Geschöpf" ist. (Pastoralkonstitution 24). Als Mitschöpfer Gottes wird der Mensch zum Partner Gottes.

Würde des Menschen

Partner Gottes sein

Was wir die ,,Würde des Menschen" nennen, gewinnt hier erst seine tiefste Aussagekraft. Daß nicht nur an der Welt etwas geschieht – zum Besseren hin. Daß vielmehr etwas am Menschen selber geschieht. Weil er in Beziehung zu Gott getreten ist. Der Mensch kann nur dann sinnvoll Mitschöpfer Gottes werden, wenn er Partner Gottes ist. ,,Der Mensch – jeder Mensch – ist dazu geschaffen, damit etwas zwischen ihm und Gott geschehe und sein Leben darin einen Sinn bekomme" (Claus Westermann). Daß der Mensch Gott begegnen kann, daß Gott Umgang mit dem Menschen pflegt, daß sich Gott in ihm ein Gegenüber geschaffen hat, schildert wiederum der Schöpfungsbericht auf menschliche Weise: Adam und Eva hören Gott kommen, wie er sich im Garten Eden im kühlenden Mittagswind ergeht und mit ihnen spricht (Gen 3,8 ff.).

Zum Partner geschaffen

Der Mensch wird zum Gesprächspartner Gottes. Der Mensch kann zu Gott in eine Beziehung der Freundschaft treten. Dazu hat Gott den Menschen ausgestattet. Ihm ähnlich. In dieser Abbildlichkeit entspringen alle ,,Vorzüge" des Menschen gegenüber den anderen geschaffenen Wesen dieser Erde. Wie wir Menschen die Beziehung zu Gott wahr-

Angebot zur Freundschaft

nehmen: ob wir sein Angebot zur Partnerschaft, zur Freundschaft, zur Liebe annehmen, davon hängt es ab, welche Richtung wir Menschen und mit uns die Schöpfung nehmen wird. Vom Bezug des Menschen zu Gott hängt alles ab. Auch das, was wir aus unserer Freiheit machen. Gott vertraut mir ganz – im Geschenk der Freiheit.

„Freiheit" ist darum nicht nur Wahlfreiheit: wählen zu können zwischen diesem und jenem, zwischen Wert und Unwert, zwischen höheren und geringeren Werten. Freiheit hätten wir umfassender zu sehen, weil sie den ganzen Menschen angeht. Freiheit nämlich, sich dem Zug der Liebe hinzugeben. Dabei achtet Gott meine Freiheit. Niemand kann er zur Liebe zwingen. Um ein Wort des jetzigen Papstes aus einer seiner Enzykliken aufzugreifen: Gott verfügt nicht über die Freiheit des Menschen, er will vielmehr unsere Freiheit zur Liebe wecken (Dives in misericordia V,8).

Freiheit zur Liebe

Wie Gott liebt, wie sehr er sich dieser Welt dem Menschen zuwendet, das wird uns erst in seinem ganzen Ausmaß, aber auch in seiner ganzen Abgründigkeit bewußt, wenn wir im Schöpfergott auch den Rettergott, den Erlösergott erkennen. Denn der von Gott geliebte Mensch ist immer auch der Mensch, der sich dieser Liebe verweigert. Da kommen wir alle in den Blick. Mit dem verunstalteten Bild des Menschen. Kann ich da noch dem Abbild Gottes vertrauen? Den andern und mir selbst? Kaum. Jedenfalls nicht ohne Gott, der

Vertrauen schwer gemacht

für den Menschen zum Retter wurde. Schöpfung und Erlösung gehören zusammen.

Darum ist es mir nicht möglich, das Leben zu lieben, wenn ich mich nicht von Gott dem Retter finden lasse. Dem Leben, dem Menschen, mir selbst vertrauen heißt: der Liebe Gottes vertrauen. Der Liebe eines erlösenden, befreienden Gottes. Finden wir hin zu der Freiheit, der Welt zu vertrauen als von Gott geschaffen – dem Menschen vertrauen als von Gott geliebt. Und sagen wir Dank für dieses unser Leben, dem wir vertrauen können. Weil es uns von Gott geschenkt ist.

Befreiende Hoffnung

II.
Sich befreien lassen

In einem Naturpark sah eine Bärenfamilie ein mit acht Personen vollgepfropftes Auto am Straßenrand halten. „Ist das nicht eine Barbarei", sagte der Bärenvater zu seinen Kindern, „so viele Leute in einen so engen Käfig zu sperren?" – So können sich die Dinge umkehren. Der Mensch, den man einmal „den ersten Freigelassenen der Natur" (Herder) genannt hat, baut sich allerlei Käfige. Und draußen springen die Bären herum. Und dem Vogel – wie ein russisches Sprichwort sagt – ist der Zweig am Baum kostbarer als ein goldener Käfig.

Erster Freigelassener

Dabei hätten wir Menschen viel größere Freiheiten als die Tiere. Denn wir wissen um unsere Freiheit. Der Mensch kann zwischen Käfig und Natur wählen. Und meistens wählt er auch bewußt. Merkwürdigerweise nicht selten einen Käfig. Die Frage ist eben, nach welchen Gesichtspunkten er wählt, nach welchen Maßstäben er entscheidet.

Das mag einigermaßen leicht sein, wenn ich in ein Warenhaus gehe, wo es ohne allzu große Entscheidungen abgeht. Da gibt es höchstens Fragen wie: Brauche ich das? Kann ich mir das leisten? Aber das Filet hat keinen höheren sittlichen Wert als die Schweinshaxe. Da jedoch das Leben mehr ist als ein Supermarkt, auf dem man beliebig wählen kann, steht auch mehr auf dem Spiel. Oft stehen Menschen und deren Glück auf dem Spiel.

Entscheidungen von großer Tragweite

1. *Wie der Mensch seine Freiheit mißbrauchen kann*

Im Schöpfungsbericht ist die Rede vom „Baum der Erkenntnis von Gut und Böse" (Gen 2,17). Von ihm sollte der Mensch nicht essen – oder er werde auf der Stelle sterben. Aus der anschließenden Geschichte vom Sündenfall erfahren wir, was geschah. Wie später so oft wird Gott sozusagen schwach – schwach aus Liebe. Gott vernichtet den Menschen nicht, aber er läßt ihn dort, wo dieser selbst hin wollte: außerhalb der Freundschaft mit Gott, außerhalb eines vom Vertrauen getragenen Verhältnisses zu Gott.

Aus der Freundschaft mit Gott herausgefallen

Was bedeutet in der biblischen Erzählung das Erkennen von Gut und Böse, versinnbildet durch einen Baum mitten im Paradies? Und das Verbot, davon zu essen? Wenn Gott dem Menschen die Freiheit schenkt, kann er ihm wohl nicht die Einsicht in das Gute und Böse vorenthalten. In den meisten altorientalischen Sprachen bedeutet „Gutes und Böses" soviel wie „alles". Der Mensch will auch das erkennen, was jenseits seines Fassungsvermögens liegt und jenseits der Grenzen, die einem geschaffenen Wesen gesetzt sind. Er will alle Geheimnisse begreifen und gleichsam von Gott selbst Besitz ergreifen. Nicht nur alles zu erkennen maßt er sich an, sondern auch alles zu können. Statt sich vertrauend Gott zu fügen, will er über alles verfügen. Sogar darüber, was gut und was böse ist.

Verfügen wollen statt sich fügen

Nun steht er da in seinem Elend. Alles wollte er haben – und jetzt ist ihm das Beste von seinem

Menschsein genommen: die Freundschaft mit Gott. Daß sich Adam und Eva nackt vorkamen, bedeutet mehr als ihr gebrochenes Verhältnis zum Leiblichen, zum Eros, zur Sexualität. Die damit verbundene Scham war die Äußerung eines inneren Bruches, einer verlorengegangenen Harmonie. Sich vor Gott verbergen zu müssen, soll hinweisen auf das einseitig aufgekündigte Freundschaftsverhältnis zu Gott, auf den entschwundenen Frieden mit der Schöpfung, auf die Entfremdung des Menschen mit sich selbst.

Sündenfall: Unsere Geschichte

Aber ist das alles Vergangenheit? Die Geschichte vom Fall des Menschen ist unsere Geschichte. Darin kommen auch unsere Sündenfälle vor. Ich bin dieser Mensch. Wir alle sind Adam und Eva. Wir alle sind aber auch die Menschen, die Gott sich nicht entreißen lassen will, die er nicht im Bannkreis der Schuld und des Todes lassen will. Weil Gott sich selbst und seiner Liebe zum Menschen treu bleibt! Darum steht mitten in der Sündenfallgeschichte schon das Evangelium, die gute Kunde: Dem Menschen ist Erlösung verheißen.

Der Schlange, Sinnbild des Bösen, wird der Kopf zertreten. Sie kann die gebärende Frau – Eva als Mutter des Menschengeschlechtes – nur an der Ferse verletzen, ihre Nachkommenschaft wird sie nicht tödlich treffen können. „Wo die Sünde mächtig wurde“, schreibt Paulus im Römerbrief, „da ist die Gnade übergroß geworden“ (Röm 5,20). Darum sprechen die Heiligen Schriften des Judentums und des Christentums über die Sünde eigentlich nur, um Erlösung zu verkünden. Sie sprechen

Sünde nur Nebenthema

von der Unfreiheit des Menschen, um Freiheit auszurufen.

2. *Wozu der Mensch befreit werden soll*

Frei von – frei für

Befreiung besagt immer ein Zweifaches. Befreiung von etwas und Befreiung zu etwas. Auf die Freiheit, zu der wir befreit werden sollen, kommt es an. Gerade deshalb müssen wir aber auch das, was diesem Befreiungsprozeß entgegensteht, ihm hinderlich ist, nüchtern sehen (vgl. Gal 5,1). Bei mir muß ich das sehen.

Frei, sich beschenken zu lassen, sich zu bescheiden

Pater Alfred Delp, der noch kurz vor Kriegsende von den Nazis in Berlin-Plötzensee hingerichtet worden ist, mußte im Gefängnis lernen, daß die äußere Freiheit ein hohes Gut ist. Doch längst nicht alles. Im Angesichte des Todes schreibt er: ,,Das gebeugte Knie und die hingehaltenen leeren

Leere Hände

Hände sind die beiden Urgebärden des freien Menschen". Diese und andere Worte, ,,Botschaften" sozusagen, hat er auf Zetteln aus dem Gefängnis hinausschmuggeln lassen, eingewickelt in seine Wäsche, die manchmal blutdurchtränkt war. Ihm können wir solche Worte abnehmen.

Mit dem Schenken und dem Sich-schenken-lassen ist es gar keine so einfache Sache. Wenn ich schenke, besteht immer die Gefahr, daß der andere sich nicht mehr so ganz frei fühlt. Oder daß er meint, in Schuld zu geraten. Dann schenkt man zurück, damit das Gleichgewicht wieder hergestellt ist.

Zuweilen gibt es so etwas wie einen Mechanismus des Schenkens. Die vorweihnachtliche Zeit treibt da seltsame Blüten. Auch Geburtstage können ganz schön unter Druck setzen.

Schenken ist etwas vom Schwierigsten

Sogar unter Menschen, die sich nahestehen, ist es mit dem Schenken und dem Sich-beschenken-lassen nicht ganz leicht, weil das eine besondere Feinfühligkeit verlangt. Beispielsweise beim Vergeben, beim Vergebung-schenken. Denn Vergebung entwaffnet. Wenn mir Vergebung geschenkt wird, sind mir wirklich alle Waffen aus der Hand genommen. Ich stehe in gewisser Weise wehrlos da gegenüber einer Liebe, die ja zu mir sagt. Auch zu meinen Grenzen und Schwächen. Und dann kann es passieren, daß sich tief in meinem Innern doch etwas dagegen wehrt. Es ist gar nicht so leicht, einem anderen etwas schuldig zu bleiben. Selbst einem vertrauten Menschen gegenüber. Auch Freunde und Partner müssen sich eingestehen, daß sie einander immer vieles schuldig bleiben – in der Liebe.

Von Gott darf ich mir alles schenken lassen

Gott gegenüber könnten wir uns im Beschenktwerden ein wenig leichter tun. Brauchten keine zu große Angst zu haben, in Abhängigkeit zu geraten. Dürften uns geradezu alles schenken lassen, ohne Gott etwas schuldig bleiben zu müssen. Da ist es dann wirklich so wie unter Menschen, die sich von Herzen zugetan sind. Sie schenken einander Liebe und haben es nicht nötig, sich ihre Liebe gegenseitig nachzurechnen, aufzurechnen. Sie können sich noch beschenken lassen und brauchen nicht zu verbergen, daß sie auf das Beschenktwerden durch den anderen angewiesen sind.

Nur, zwischen Gott und Mensch liegt die Sache insofern ganz anders, als Gott allein schenkt und der Mensch ganz und gar der Beschenkte ist. Warum sollen wir uns vor Gott unsere Grenzen, unsere menschlichen Bedürftigkeiten nicht eingestehen? Meine Hände sind leer. Vor Gott brauche ich mich dessen nicht zu schämen. Wenn ich die Kniebeuge mache, was geht da eigentlich in mir vor, sofern es nicht nur Routine ist? Eigentlich soll das Knien doch ein Zeichen sein, daß ich mich vor Gott klein mache. Weil ich wirklich ganz klein vor ihm bin. ,,Das gebeugte Knie und die hingehaltenen leeren Hände sind die beiden Urgebärden des freien Menschen". Gehört es nicht zur Würde des Menschen, daß er fähig ist zum Knien – vor Gott in die Knie zu gehen? Sich vor Gott auf den Boden zu werfen, auch dies eine uralte religiöse Gebärde des Menschen, ist ein Zeichen von Freiheit. Nicht von Unterwürfigkeit.

Freiheit – nicht Unterwürfigkeit

Denn Gott will mich gar nicht klein machen. Er nützt meine Bedürftigkeit nicht aus. So wie es unter Menschen oft üblich ist. Er will mich frei machen zur Demut. Gott will mir die Freiheit zum Dienen schenken. Weil mich das von dem Krampf befreit, größer sein zu wollen als ich bin. Größer als die andern. Weil mich das vom Zwang befreit, mich dauernd selber bestätigen zu müssen, vor mir selbst und anderen bestehen zu können. Vor Gott brauche ich nicht den Nachweis zu erbringen, daß ich wer bin.

Dabei hat Gott gar nicht seine Ehre im Sinn. So wie wir uns das, wiederum nach Menschenart, vielleicht vorstellen. Gottesfürchtig sein heißt nicht: in sklavischer Furcht leben. Ihr seid nicht mehr Knechte, sondern Freunde Gottes, sagt Jesus (Joh 15,15). Gottesfurcht ist Ehrfurcht vor Gott, vor seinem unergründlichen Geheimnis. Aus Psalm 131 spricht da eine große innere Freiheit, die von Ehrfurcht und Vertrauen getragen ist: „Herr, mein Herz ist nicht stolz, nicht hochmütig blicken meine Augen. Ich gehe nicht um mit Dingen, die mir zu wunderbar und zu hoch sind. Ich ließ meine Seele ruhig werden und still; wie ein kleines Kind bei der Mutter ist meine Seele still in mir."

„Mein Herz ist nicht stolz"

Frei, Gott allein Gott sein zu lassen

Meist erleben wir uns jedoch anders als in diesem Gebet, das von Vertrauen durchtränkt ist. „Ich ließ meine Seele ruhig werden und still." Ich renne und renne und komme kaum zur Ruhe, zum inneren Durchatmen. Die äußere Hetze meines Lebens, die mich am Laufen hält, geschieht wohl nicht nur unter dem Zwang der gesellschaftlichen Situation, die uns alle in Trab hält. Ist diese Unruhe nicht auch ein Symptom meines inneren Getriebenseins? Wem renne ich in meinem Leben eigentlich nach? Dem Glück, das ich erjagen möchte? Das Glück, das wir selber planen oder erschufen, erweist sich als äußerst brüchig.

Hinter welchem Glück bin ich her?

August Strindberg, der ein unstetes Leben führte mit drei unglücklichen Ehen, hat von sich selber bekannt: „Ich schreibe mein ganzes Unglück der einen Ursache zu, daß ich gottlos gewesen bin. Ein Mensch, der die Verbindung mit Gott abgebrochen hat, kann keinen Segen mehr annehmen. Alles Gerede davon, daß jeder seines eigenen Glückes Schmied sei, ist Spreu." Nicht nur Strindberg mußte erfahren: Wir können uns nicht selbst erlösen.

Keinen Segen mehr annehmen können

Noch eine andere Erfahrung: Der Mensch kommt leicht in die Versuchung, sich seine eigenen Götzen zu schmieden. Erscheint die ganze Menschheitsgeschichte nicht manchmal wie eine einzige Götzenschmiede? Die sog. „Eifersucht" Gottes, von der im Alten Testament öfter die Rede ist, bezieht sich auf solche Götzen. Gott selber können sie nichts anhaben. Es geht um uns. Gottes Eifersucht ist eine Eifersucht der Liebe – zu uns. Gott hat Sorge, daß wir Götzen zum Opfer fallen, indem wir Dinge und Menschen zum Selbstzweck machen und davon gefangengenommen werden. Das hält uns in Unfreiheit. Darum ist Gott eifersüchtig auf uns.

Vielerlei Götzen

Was sind das für Götzen, für Idole, für Fetische? Das können Dinge sein, die ich besitze, die mich aber in Wirklichkeit selber in Besitz nehmen. Das kann Prestigedenken sein, Leistungsdenken, Herrschaftsdenken. Das kann die fragwürdige Freiheit sein, sich alles erlauben zu können; selbst wenn andere Menschen dabei Schaden leiden oder unglücklich werden. Das kann – in all dem – ich selber sein.

Damit ist nicht eine berechtigte Selbstverwirklichung gemeint. Es bedeutet nämlich einen Unterschied, ob ich sage: ,,Sei du selbst!", was ein hoher menschlicher Wert ist und auch Selbstbescheidung bedeutet – oder ob ich sage: ,,Sei dir selbst genug", was mich als Mensch unterbewertet. Wenn ich mir selbst genüge, dann bin ich in mir abgeschlossen, in mich eingeschlossen, auf mich selbst zurückgeworfen, auf mich fixiert. Unfreiheit, die ich mir selber auferlege. Das ist dann Gegenteil von Selbstverwirklichung.

Selbstgewählte Gefangenschaft

In jedem von uns steckt ein Drang zur Selbstherrlichkeit, die Versuchung, den Obergötzen zu spielen. Das mag harmlos sein, und manchmal komisch anmuten. Doch wohin dies führen kann, hat der Fernsehfilm über das Frauenorchester in Auschwitz gezeigt – erschreckend gezeigt. Menschen werden zu Bestien. Götzen wie ,,Herrenrasse" oder ,,gesundes Deutschtum" treten an die Stelle Gottes. Dann werden Menschen für lebensunwürdig erklärt, grausamen medizinischen Versuchen unterworfen, zu Millionen irgendwelchen mörderischen Idolen geopfert. Und da ist dann ein Mensch wie die Jüdin Fania Fénelon, die trotz ihres Gangs durch diese Hölle nicht verzweifelt. Ja, sie hat sogar zu verstehen gesucht, warum ein Lagerführer Kramer, ein KZ-Arzt Mengele ,,Blumen, Mondschein und Musik lieben" – und gleichzeitig Menschen auf satanische Weise verachten und vernichten. In dieser Frau ist die Hoffnung auf Menschen nicht vernichtet worden. Aber wer schenkt solche Hoffnung, solche Freiheit: an den Menschen – auch ,,nach Auschwitz" noch glauben können?

Selbstherrlichkeit bis zum Exzeß

Frei zum Vertrauen in einen Gott, der sich selbst entäußert

Noch einmal das Gebet aus dem Psalm 131: „Herr mein Herz ist nicht stolz, nicht hochmütig blicken meine Augen ... Ich ließ meine Seele ruhig werden und still; wie ein kleines Kind bei der Mutter ist meine Seele still in mir.“ Wem es gegeben ist, so zu beten, der wird immer mehr ein erlöster Mensch. Gelöst von dem Druck, sich selber erlösen zu müssen. Der Mensch mit dem Vertrauen eines Kindes: bei Gott geborgen. Wie an der Brust der Mutter.

Frei vom Zwang zur Selbsterlösung

Es ist nicht so, als gäbe es im Alten Testament den rachebrünstigen, furchterregenden Gott, und erst im Neuen Testament den liebenden Vater. Das Alte Testament kennt Gott als Mutter, als Frau: „Kann denn eine Frau ihr Kindlein vergessen, eine Mutter ihren leiblichen Sohn? Und selbst wenn sie ihn vergessen würde: ich vergesse dich nicht. Sieh her, ich hab dich eingezeichnet in meine Hände“ (Jes 49,15 f.). Eines der beiden hebräischen Wörter für „Erbarmen“ (rahamīn) ist abgeleitet von „Mutterschoß“ (reḥem). Göttliches Erbarmen und mütterliche Liebe werden hier gleichgesetzt. Zwischen Gott und Mensch besteht eine tiefe ursprüngliche Verbindung. Dank dieser lebensmächtigen Verbindung Gottes mit dem Menschen, kraft der Mutterschaft Gottes, hat Gott sich an den Menschen gebunden. Es ist wie ein Zwang des Herzens, mit dem Gott sich selbst und dem Menschen treu bleiben muß. Trotz dessen Untreue und Selbstmächtigkeit.

Gott bindet sich an den Menschen

Wer Gott wirklich ist, wer er als der „ganz andere" Gott ist – ganz anders als wir Menschen –, das erkennen wir in Jesus. Ein rettender, ein erlösender, ein befreiender Gott! Und das nicht von oben herab, sondern in tiefster Erniedrigung. Der in Jesus mit uns gehende Gott zeigt, wie Gott erlöst, wie Gott liebt. Er trägt ein menschliches Antlitz. Er leidet mit uns, er stirbt mit uns. In Auschwitz und anderswo. „Gottesherrschaft" bedeutet dann alles andere als Herrschaft im menschlichen Sinne. Gott wacht nicht über seine Gottheit wie über eine Beute. Er entäußert sich und wird den Menschen gleich, wie ein Sklave (Phil 2,6 f.).

Wie Gott erlöst, sehen wir an Jesus

Diesem Gott kann ich vertrauen. Ihm darf ich zutrauen, daß er die Welt – trotz ihrer Rätsel und angesichts des Geheimnisses der menschlichen Bosheit – auf ein sinnvolles Ziel hin erschaffen hat. Da brauche ich nicht mehr mit Dingen umzugehen, die mir zu wunderbar und zu hoch sind. Da ist mir, tief in meinem Herzen, jede Angst genommen – nicht zuletzt auch die Sündenangst. In diesem Gott kann mein unruhiges Herz Ruhe finden.

Die Angst genommen

Wir alle müssen uns erlösen *lassen*. Erzwingen können wir das nicht. Auch nicht mit religiöser Leistung oder mit moralischer Selbstdarstellung, indem wir Gott unsere guten Werke vorzeigen. Wir müssen uns alles von Gott schenken lassen. „Mit hingehaltenen leeren Händen." Wie der alttestamentliche Beter beten zu können: „Bei Gott allein kommt meine Seele zur Ruhe; denn von ihm kommt meine Hoffnung" (Ps 62,6), das ist ein Geschenk des Vertrauens. Das ist Freiheit, wie Gott sie meint.

Ohne Risiko geht das allerdings nicht. Dazu möchte ich zum Schluß Max Frisch zitieren: ,,Der Schritt in die Freiheit ist ein ungeheurer Schritt, womit man alles verläßt, was bisher sicherer Boden schien. Ein Schritt, den, wenn ich ihn tue, niemand aufzuhalten vermag: nämlich der Schritt in den Glauben. Alles andere ist nicht Freiheit, sondern Geschwätz." Der Schritt in den Glauben bedeutet für uns Christen: sich dem erlösenden Gott überlassen können. Wirklich frei werden können wir nur, indem wir uns Gott überantworten.

Schritt in die Freiheit: Schritt in den Glauben

III.
Menschlich und sinnvoll leben

Zu Beginn eine kleine Geschichte von Bertold Brecht: ,,Einer fragte Herrn K., ob es einen Gott gäbe. Herr K. sagte: ,,Ich rate dir nachzudenken, ob dein Verhalten je nach der Antwort auf diese Frage sich ändern würde. Würde es sich nicht ändern, dann können wir die Frage fallen lassen. Würde es sich ändern, dann kann ich dir wenigstens noch so weit behilflich sein, daß ich dir sage, du hast dich schon entschieden: Du brauchst einen Gott.“

Gott und ein neues Verhalten

Lassen wir das einmal so stehen – wie immer diese Geschichte auch gemeint sein mag. Wir brauchen einen Gott, wenn wir uns verändern wollen: zum Besseren, zum Menschlicheren hin. Die Frage nach Gott ist eine Frage nach meinem Verhalten, nicht eine Frage der Weltanschauung. Wir brauchen einen Gott, wollen wir *die Freiheit finden, menschlich und sinnvoll zu leben.*

Wir brauchen diesen Gott allerdings weniger als großartige Idee, die uns zu moralischem Handeln anstößt. Vielmehr als denjenigen, der freies und menschlich verantwortliches Handeln erst möglich macht. Eine Freiheit, wie Gott sie meint. Und wie er sie uns in Christus schenkt.

1. Die Freiheit, anders zu leben

Beim ,,anders“ in dem ,,anders leben“ höre ich mit: ,,anders leben als“ oder ,,nicht so leben wie“. Also nicht so leben wie andere Menschen, nicht so leben wie – ich bisher gelebt habe. Oder auch: nach anderen, nach neuen Wertmaßstäben leben. Hinter dem ,,anders leben" steht ein Ruf zur Veränderung, zu einem neuen, veränderten Verhalten. In der Bibel wird dies ,,Umkehr" genannt: Hinkehr zu etwas Neuem, Besserem, Erstrebenswerterem. Ich möchte diese Neuorientierung und die sich vielleicht daraus ergebende Veränderung meines Lebensstils wiederum auf den Grundwert der Freiheit zurückführen.

,,Umkehr": Veränderung des Lebensstils

Anders leben

Auch hier: Freiheit besagt immer Befreiung von etwas – und Freiheit zu etwas. Die Befreiung vom Zwang, immer mehr haben zu müssen, führt zur Freiheit, mehr sein zu dürfen. Die Befreiung von dem Druck, um jeden Preis etwas leisten, etwas vorzeigen, etwas aufweisen zu müssen, führt zur Freiheit, gelassen und unverkrampft mich auch in meinen Grenzen anzunehmen, ich selbst sein zu dürfen. Die Befreiung von dem Bestreben, andere Menschen für mich zu vereinnahmen, schenkt die Freiheit, dem anderen zu seiner Entfaltung zu verhelfen.

Neue, bessere Freiheit

Dies gilt auch für die menschliche Sexualität. Das Unmoralische am menschlichen Sexualverhalten besteht nur zu einem geringen Teil in der ,,Unbeherrschtheit". Sittlicher Wert oder Unwert bestimmt sich auch in der Ehe nicht von den sog. natürlichen oder künstlichen Methoden her. Das Unmoralische einer sexuellen Beziehung liegt vor allem darin, daß ich an einem anderen, an seiner Person schuldig werde, ihn beherrsche, ihn zum Objekt erniedrige. Oder daß ich in den Bereich eines anderen eindringe, sein Glück zerstöre, eine Ehe zerstöre; oder dazu beitrage. So könnte man den Sexualbetrieb als eine Variante, eine besondere Form des Besitztriebes betrachten.

Besitztrieb der beherrschende Trieb

Es ist offenbar eine alte Erfahrung der Menschheit, daß Besitz, Herrschaft und auch die Sexualität auf menschliches Verhalten sehr einschneidend einwirken. Weil hier menschliche Freiheit auf dem Spiel steht bzw. herausgefordert wird. Die Kirche hat in ihren Ordensgemeinschaften so etwas wie eine Gegenpraxis versucht. So freiheitseinschränkend die drei klassischen Ordensgelübde der „Armut" des „Gehorsams" und der „Ehelosigkeit" sich anhören – in ihnen ist seit dem Entstehen der Orden in frühchristlicher Zeit der Versuch gemacht worden, einen alternativen Lebensstil zu praktizieren. In der „Armut" – als Gegenpol zum Besitzstreben und Habenwollen – die Gütergemeinschaft mit anderen sowie die Reduzierung des Wohlstandes auf einen einfachen Lebensstil. Im „Gehorsam" – als Gegenpol zum Herrschenwollen und Karrieremachen – die freiwillige Abhängigkeit von einer Autorität und von der Gemeinschaft; im Sinne eines gegenseitigen Gehorsams, des Aufeinanderhörens. In der „Ehelosigkeit" – als Gegenpol zu einer Fixiertheit von Menschen aufeinander oder der völligen Bindung an einen einzigen Menschen – das Leben in einer größeren Gemeinschaft und die Verfügbarkeit für mehr Menschen.

Alternativen in den Orden

Hier suchen Christen menschliche Grenzen aus innerer Freiheit anzunehmen. Und dadurch zu durchbrechen! Das sind gewiß sehr bruchstückhafte Versuche. Als Mitglied einer Ordensgemeinschaft hätte ich mich selber immer wieder zu fragen, wie ich diesen Lebensentwurf verwirkliche. Ob ich so lebe, daß andere daraufhin ihre eigene Lebensform überdenken und von daher vielleicht neue Orientierungen für *ihr* Leben finden.

Heilsame Fragen

Müßten wir alle uns nicht von Zeit zu Zeit solche Fragen stellen wie: Was bedeutet mir Konsum, Komfort, Besitz? Unter welchen Zwängen der Konsumgesellschaft erfahre ich mich? Wovon werden meine Bedürfnisse gesteuert? Und wie steuere ich dagegen? Wie frei bin ich in all dem? Hat der sich steigernde Lebensstandard meine menschlichen Beziehungen negativ verändert, oberflächlich gemacht, vielleicht veröden lassen? Welche Rolle spielen in meinem Leben Leistung, Stellung, Einfluß? Und der Mensch in all dem! Wie sieht es dort, wo ich vielleicht das Sagen habe, mit meinem Verhältnis zu den anderen aus, zu meinen Mitarbeitern, Kollegen, Mitmenschen? Sind sie mir Mittel zum Zweck? Sind sie mir wie ein Besitz?

Mit andern leben

Maßstäbe aus dem Zusammenleben mit anderen

Anders leben – mit andern leben. Beides gehört zusammen. Denn anders leben: von innen her freier leben; mehr zu sein als zu haben, das darf nicht Persönlichkeitspflege bleiben oder in einem schönen privaten Gehege kultiviert werden. Es muß seine Maßstäbe immer auch aus dem Zusammenleben mit anderen nehmen. Und das wird seine Rückwirkungen haben auf meinen persönlichen Lebensstil, auf mein Verhältnis zu dem, was ich besitze und was ich leiste.

Mit andern leben, das regelt mein *Konsumverhalten.* Sich etwas über das Notwendige hinaus leisten zu können, auch auf der Ebene der Genußgüter, gehört mit zur Selbstverwirklichung des Menschen, der im Unterschied zum Tier nicht darauf programmiert ist, nur seinen Hunger stillen zu müssen. Doch Selbstverwirklichung des Menschen wird sich immer an den Bedürfnissen der andern – in der großen Gesellschaft und in der kleinen Gruppe, in der Familie oder in der Ordensgemeinschaft – orientieren müssen. Ich kann nicht so leben, als gäbe es nicht den Hunger in der Welt. Ich kann nicht so leben, als gäbe es nur mich in der Familie. Ein wichtiger Gesichtspunkt der sog. „Konsumaskese" ist dieser Bezug zur Gemeinschaft.

„Konsumaskese": weil es die anderen gibt

Über den Konsumgütern stehen, sich von ihnen nicht unterjochen lassen, innere Distanz gewinnen, heißt darum immer auch: die andern sehen, auf ihre Bedürfnisse eingehen. Und damit notwendig: sich selbst einschränken. Unter dieser Rücksicht gewinnt das, was wir christliche Askese, Buße nennen, wieder an Bedeutung.

Mit andern leben, das hat auch etwas für den Umgang mit dem *Besitz* zu bedeuten. Das Eigentum *gehört* nicht nur dem Menschen. Es gehört *zu ihm,* sofern es zur Entfaltung seiner Persönlichkeit beiträgt. So wie einer seine Wohnung einrichtet, wie einer sich kleidet, das ist auch ein Stück von ihm selbst. Aber wiederum darf ich den Besitz nicht unabhängig sehen von meinen sozialen Beziehungen. Ich und mein Auto? – eine Frage, die äußerst heilsam sein kann. Dann aber auch: mein Auto und die andern, denen es mitgehört, z. B. in der Familie, in einer Lebens- und Gütergemeinschaft. Ferner: mein Auto und die Umwelt; mein Auto und die Energiekrise. Es soll Männer geben, die ihr Auto mehr hegen und pflegen als ihre Frau. Hier – und woanders – stehen dann Sachen über Personen.

Wir sind nicht Alleinbesitzer

Auch das Kaufgebaren wäre da zu überprüfen. Der Wirtschaftswissenschaftler A. Tautscher hat unser modernes Konsum- und Besitzverhalten etwas ironisch auf den Nenner gebracht: Man kauft etwas, was man nicht braucht, mit dem Geld, das man nicht hat, um denen zu imponieren, die man nicht mag. Es gibt ja so etwas wie einen „zivilisierten" Futterneid: Wer fährt den flottesten Wagen, wer trägt den neuesten Look, wer besitzt die dicksten Polstermöbel? Beim Besitz, auf dem ich nicht sitzen darf, denke ich nicht nur an den materiellen Besitz, sondern auch: Wie weit teile ich meine geistigen „Besitztümer", meine Begabungen anderen mit? Teile ich sie mit ihnen? Wie weit kommen sie anderen zugute? Ich las da in einem Gedicht (Martin Walser): „Grund zur Freude: Daß mehr wird, was ich mit anderen teile. Daß mich, was ich allein habe, nicht freut. Der Mund des Gastes macht den Wein gut."

Mit anderen teilen

Mit anderen leben, das können wir dann auch auf das *Leistungsstreben* des Menschen anwenden. Es darf genauso wenig verteufelt werden wie Konsum und Besitz. Der Mensch ist von seinem Schöpfer darauf angelegt und dafür ausgestattet, Mitschöpfer zu sein: der Entwicklung der Welt und dem Fortschritt der Menschheit zu dienen. Wer könnte nicht darüber froh sein, daß die Krebsforschung oder die Bekämpfung von Blutkrankheiten oder die Anästhesie Fortschritte machen. Ein Augenspezialist erzählte mir einmal, was für Möglichkeiten die Augenchirurgie in den letzten Jahrzehnten entwickelt hat. Da kann ich als medizinischer Laie nur schwach erahnen, welche enormen menschlichen Leistungen bis zu diesem Punkt notwendig waren und weiter notwendig sein werden.

Leistung nicht verteufeln

Die Beispiele aus dem medizinischen Bereich zeigen aber auch, wie eigentlich jede Leistung des Menschen menschliche Züge gewinnen müßte. Zunächst auf mich selbst hingesehen: daß ich mit mir ins reine komme über die Motivation, über die inneren Antriebe meines Leistungstrebens. Leistungsstreben dürfte nicht zum Leistungszwang, zum Geltungszwang, zum Erfolgszwang ausarten. Dann aber besonders im Blick auf die lebendigen Menschen, für die ich mit meiner Arbeit etwas tun kann. Im Blick auf die, die mit mir arbeiten und die in mich als Menschen Erwartungen setzen. Menschliche Qualität vor fachlicher Qualität! Mit andern leben, wenn es um Leistung geht, das betrifft vor allem diejenigen, mit denen ich meine Lebenswelt teile und wo ich mein Zuhause habe.

Personen über Sachen

Das Verhältnis von Beruf und Familie ist hier angefragt – in ihrem menschlichen Zueinander! Bei aller Arbeit, bei aller Leistung darf nicht der Mensch auf der Strecke bleiben: ich selbst nicht, und die andern nicht. Menschlicher Fortschritt müßte nicht nur den Weltraum, sondern noch weit mehr den zwischenmenschlichen Raum erobern.

2. *Die Freiheit, von mir wegzuleben*

Was kann mich im letzten denn dazu bewegen, mein Verhältnis zu Besitz, Leistung, Macht zu überprüfen und zu ändern? Wo liegen die eigentlichen Beweggründe? Und woher nehme ich die Kraft zur Veränderung? Gott müßte dann allerdings mehr sein als ein moralischer Impuls zur Änderung – wie es für Bertold Brecht in der eingangs erzählten Geschichte zu sein scheint. Gott nur eine Denkvorstellung für mein Handeln? Eine Hilfskonstruktion? So handeln, *als ob* es ihn gäbe?

Beweggründe und Kraftquellen

Der Lebensentwurf Jesu

Ich glaube an Gott als eine Wirklichkeit. So wie er in Jesus von Nazaret lebt und handelt. Gerade im Blick auf ihn erkenne ich, wie sehr ich Gott brauche, um mich zu verändern. Mich auf Jesus von Nazaret einlassen, heißt erkennen, welche Veränderung mir abverlangt ist. Denn in ihm hat Gott selber mir vorgelebt, wie ich zu leben hätte.

Veränderung von Jesus her

Doch das setzt mich nicht unter einen moralischen Druck. Dieser Jesus macht mir keine Angst. Er ist kein Eiferer, kein finsterer Sittenprediger. Das Bild, das sich Menschen von der Herrschaft Gottes in dieser Welt machen, wird durch Jesus völlig auf den Kopf gestellt. Jesus gibt, so scheint es, die

Macht Gottes der Lächerlichkeit preis. Gott kommt in ihm ohne die drückende Überlegenheit des Unberührbaren und Unanfechtbaren. Er kommt angreifbar, gewaltlos, schutzlos. Selber arm, den Armen Erlösung bringend. Mit einer großen Langmut. Und grenzenlos vergebungsbereit. Das ist kein Gott, der uns Menschen zuerst einmal scheitern läßt, um uns dann gönnerhaft herablassend aus unseren Verlegenheiten aufzuhelfen.

Nein, Gott geht den Weg des Menschen mit. Von Anfang an. Schon als Schöpfergott, der kein anderer ist als der in Jesus gekommene Rettergott. Und er geht den Weg bis zum Ende mit. Jesus nimmt sich aller an. Besonders der Wehrlosen, der Ungelehrten, der Abgeschriebenen, der Zukurzgekommenen, der Sünder. Er nimmt sich meiner an, wo immer ich mich in ihnen wiedererkenne: als Armer, als Schuldiggewordener, als Mensch, der in mancherlei Hinsicht der Erlösung bedarf.

Ein Gott, der bis zum Ende mitgeht

Jesus redet nicht über Gott. In ihm handelt Gott. In ihm geht Gott einem skandalösen, ärgniserregenden Weg. Ärgerlich für die Weisen und Mächtigen dieser Erde, verrückt im Sinne eines gängigen Menschenbildes. „Selig ist, wer an mir keinen Anstoß nimmt", sagt Jesus den Jüngern Johannes des Täufers, die ihn fragen: „Bist du der, der kommen soll, oder müssen wir auf einen anderen warten" (Mt 11,2-6). Selbst seine engsten Freunde haben ihn nicht verstanden, weil sie sich eine Gottesherrschaft nach Menschenmaßen ausmalten und sich dabei für ihre eigene Position Macht ausrechneten. Denken wir an die Erzählung im Evangelium, wo

Keine Gottesherrschaft nach Menschenmaßen

eine Mutter ihre beiden Söhne ganz vorne haben wollte (Mt 20,20-28). „Wer sein Leben zu retten sucht, wird es verlieren; wer es aber verliert, wird es gewinnen" (Lk 17,33). Diese paradoxe, widersinnig klingende Verhaltensweise, gegen die sich so vieles in mir wehrt, ist den Menschen nicht moralisierend vorgepredigt worden. Jesus hat sie vorgelebt, hat sie verwirklicht bis zum „es geht nicht mehr,": bis in den Tod.

Jesus wollte nicht Sieger bleiben, wie wir Menschen es so oft zu erreichen suchen – auf Kosten anderer. Er lieferte sich schutzlos dem Menschen aus, verschwendete sich an uns. Um des Menschen willen: „propter nos homines", beten wir im Credo. Das ist der Lebensentwurf, den Gott uns anbietet. Das bedeutet eine neue Lebenspraxis.

Eine neue Lebenspraxis

Ein neues Lebensmodell

Die Lebenspraxis Jesu – Tod und Auferstehung als Prozeß innerer Befreiung – beginnt dort wirksam zu werden, wo Menschen lernen, über sich hinauszuleben, von sich wegzuleben, um damit zu einer neuen Lebenspraxis hinzufinden. Die Praxis Gottes in Jesus! Für mich stellt sich vom Lebensentwurf und der Lebenspraxis Jesu her die Frage, worauf ich eigentlich in meinem Leben setze. Setze ich auf meine eigene Erfolgsgeschichte, meine Siegergeschichte? Erwarte ich alles von meiner Leistung? Wie verkrafte ich meine Niederlagen? Wie werde ich damit fertig, nicht mehr zu können wie die Jüngeren? Älter zu werden, sterben zu müssen? Wie oft entpuppen sich liebgewordene Vorstellungen als Illusionen, erweist sich das mühsam Erreichte als äußerst brüchig, zerschmelzen meine so sicheren Erkenntnisse, zerbrechen Hoffnungen, die ich in Menschen gesetzt habe. Wie werde ich mit all dem fertig?

Wie sind andere damit fertig geworden – in der Nachfolge Jesu? Paulus beispielsweise hat seine Erfahrungen mit Christus auf den Nenner gebracht: ,,Wenn ich schwach bin, dann bin ich stark" (2 Kor 12,10). Er hat erfahren, Gott ist mit mir auf dem Weg und erweist sich als stark. Dann gerade, wenn ich meine, am Ende zu sein. Ein Lebensprogramm, das Paulus von Jesus gelernt hat. Seine Verwirklichung schenkte ihm Freiheit.

Gottes Kraft in menschlicher Schwachheit

Wie Paulus überhaupt sehr konsequent gelebt hat. Angesichts der Grenzen des irdischen Lebens, dann aber in der Hoffnung auf den, der dieses Leben erst zum wahren, unzerstörbaren Leben erwecken kann, wagte er einmal folgende widersinnig klingende Aussage: ,,Ich sage euch, Brüder: die Zeit ist kurz. Daher soll, wer eine Frau hat, sich in Zukunft so verhalten, als habe er keine, wer weint, als weine er nicht, wer sich freut, als freue er sich nicht, wer kauft, als würde er nicht Eigentümer, wer sich die Welt zunutze macht, als nutze er sie nicht; denn die Gestalt dieser Welt vergeht" (1 Kor 7,29-31). Paulus meint: In der Ehe den andern haben und doch nicht haben; nicht über ihn verfügen; auch nicht: sich auf ihn fixieren. – Weinen und doch nicht weinen, weil nichts ganz sinnlos ist. Lachen und doch nicht lachen, weil nichts uns ganz glücklich machen kann. – Kaufen und

Innere Distanz

doch nicht kaufen, d. h. nicht so kaufen, als gehöre es mir allein. Sich insgesamt die Welt, die ja nicht vom Teufel ist, zunutze machen; sie jedoch nicht in dem Sinne nutzen, als wäre sie alles, als wäre sie das allerletzte, das nicht mehr von Gott Überbietbare. Denn die Gestalt *dieser* Welt vergeht. Aus ihr wird – wie in einer schmerzlichen Geburt, unter Wehen – Neues und Größeres geboren.

Dieser Lebensentwurf stellt so ziemlich alles auf den Kopf. Von Christus her gesehen bedeutet „von sich wegleben" etwas sehr Radikales. Es geht an die Wurzeln meines Menschseins. Ich hätte umzudenken. Von Grund auf. Denn an Jesus Maß nehmen heißt, völlig neue Maßstäbe gewinnen. Eine solch gründlich veränderte Grundeinstellung zum Leben und zu den Menschen müßte sich dann auch auswirken auf ein neues Grundverhalten, das in vielen konkreten Situationen einzuüben wäre – ernsthaft und gelassen zugleich. Doch auf diesem Weg, dem Weg Gottes in Jesus, wird mir die Hoffnung zuteil, daß ich selber innerlich mehr Freiheit gewinne. Und andern zu etwas mehr Freiheit verhelfe. Daß ich mit meiner schwachen Kraft, an meinem Platz, zu einer humaneren Gesellschaft beitrage. Zu einer Welt, in der Menschen ein wenig menschlicher leben können.

Freiheit in Verantwortung und Gelassenheit

Die Kraft, die ich in den Anforderungen des „Tag für Tag", in den manchmal so erdrückenden Erwartungen meiner Mitmenschen brauche – diese Kraft werde ich mir, bei all den Erfahrungen der eigenen Begrenztheit, mit moralischer Leistung nicht antrainieren können. Sie wird mir von meinem anderen gegeben. Wenn ich mich nur für ihn offenhalte. Diesem Gott, der mir in Christus alles, sich selber geschenkt hat, vertraue ich mich an. Das macht mich frei. Das läßt mich anders leben. Das macht mich fähig, mit anderen zu leben.

IV.
Den Weisungen Gottes folgen

Der schwedische Filmregisseur Ingmar Bergman wurde einmal gefragt, wie er es sich erkläre, daß viele Menschen der Kirche gegenüber auf Distanz gegangen sind; er selbst stammt ja aus einem evangelischen Pfarrhaus. Bergman führte diese Abkehr von der Kirche auf den Faktor „Angst" zurück. Die Kirche, so gebe ich es sinngemäß wieder, erscheine weitgehend als eine moralische Anstalt, die den Menschen Gebote verordne. Die Erfahrung jedoch, daß man sich daran nur sehr schwer halten könne, mache den Menschen Angst. Mit der Angst könne man aber auf die Dauer nicht leben. Wer befürchten muß, daß ihm Sonntag für Sonntag seine Sünden vorgehalten werden, der werde sich dem nicht mehr aussetzen. Und deshalb distanzierten sich viele von der Kirche, hielten sie sich vom Leibe.

Belastende Gesetze und Normen

Ist da nicht etwas Wahres dran? Vielleicht haben wir selber solche Erfahrungen gemacht in unserer Lebensgeschichte. Vielleicht kommt auch uns die Kirche mit ihren Gesetzen und Normen eher belastend vor. Gebote – und erst recht Verbote – können erdrücken. Druck erzeugt Gegendruck, bis hin zur Feindseligkeit gegenüber der Kirche.

Möglicherweise kommen solche Abwehrhaltungen noch aus einer tieferen Schicht. Hängen mit der Vorstellung zusammen, die wir uns von Gott machen: Gott als Gesetzeswächter, der über die von ihm erlassenen Gesetze wacht und Zuwiderhandelnde bestraft. Da möchte ich ansetzen, um mich einem Gott zu nähern, der den Menschen zum Guten freisetzen will.

1. Ein Gott, der dem Menschen Freiheit garantiert

Die Mißverständnisse beginnen schon bei den zehn Geboten – den sogenannten zehn Geboten. Denn diese Bezeichnung gibt es im Alten Testament garnicht. Was uns wie ein Sündenregister vorkommt, mit negativen Vorzeichen belastet, sind in Wirklichkeit Worte der Wegweisung. „Zehn Worte" werden sie genannt (Ex 20,1-17; Dtn 5,6-21). Mit diesen Worten wollte Gott ein Treuebündnis mit Israel schließen. Es sind „Worte des Bundes", Worte der Partnerschaft zwischen Gott und den Menschen.

Worte des Bundes

Durch Mose, den Führer und Fürsprecher Israels, läßt Gott seinem Volk sagen: „Ihr habt gesehen, was ich den Ägyptern angetan habe, wie ich euch auf Adlerflügeln getragen und hierher zu mir gebracht habe" (Ex 19,4). Auf diesen Gott, der so handelt – verkündet Mose – könnt ihr euch verlassen. Ihm könnt ihr trauen. Darum haltet euch an ihn, an seine Worte und Weisungen.

Ein weiteres Mißverständnis. In den Schulbibeln, aus denen ich noch gelernt habe, war der Vorspruch zu den „zehn Worten" gar nicht zu lesen. Darin stellt Gott sich selber vor: „Ich bin Jahwe, dein Gott, der dich aus Ägypten geführt hat, aus dem Sklavenhaus" (Ex 20,2; Dtn 5,6). Der Gott,

Der Befreier – Gott

der mich befreien will, richtet diese Worte an mich. Ein Gott, der die Menschen nicht versklavt sehen will. Was vor der Klammer steht, wie in der Algebra, ist das Entscheidende. Läßt man das positive Vorzeichen: den Befreier-Gott, den erlösenden Gott, einfach weg, werden die ,,zehn Worte" zu einem Katalog von Gesetzen. Der Schlüssel für die ,,zehn Worte" ist Gott selber. Der Gott, der befreit.

Vom Gottesbild hängt alles ab

Welches Gottesbild ist mir vermittelt worden? Ein Gott, der den Menschen einengen will, oder der das Herz des Menschen weit machen will? Ein Gott, der seine Rechte durchsetzen will, oder der dem Menschen zu dessen eigenem Recht verhelfen will? Ist es ein Gott, der durch Gesetze Fallstricke legt, über die wir straucheln – straucheln müssen? Der ein Netz von Vorschriften ausspannt, in das wir uns verfangen – verfangen müssen? Glücklicherweise wird es immer seltener, daß Eltern nicht nur die Kirche, sondern Gott selber zum Ober-Erzieher ihrer Kinder machen, zum Tugendwächter. Ohne daß sie dies vielleicht beabsichtigen, wird Gott zum Kinderschreck, wird erzieherisch verzweckt. ,,Ein Auge ist, das alles sieht, auch was in dunkler Nacht geschieht!" Gott auf der Lauer. Das kann krankhafte Nachwirkungen erzeugen. Möglicherweise liegen hier die Wurzeln für die bösen Erfahrungen eines Tilman Moser, der ein beklemmendes Buch: ,,Gottesvergiftung", geschrieben hat. Auf ihn hat Gott wie menschenzerstörendes Gift gewirkt.

In einem Gedichtbändchen, das vor einiger Zeit erschien, fand ich folgende Zeilen: ,,Gott ist von seinem Kontrollturm heruntergestiegen und hat sich unter die Menschen gemischt . . . Gott verbirgt seine Zeit nicht mit dem Bewachen von Menschen. Gott nimmt sich Zeit für Gespräche mit Eltern und Kindern, mit Propheten und Weisen. Gott schaut nicht auf uns herab wie ein Diktator. Gott hat sein Fernglas weggelegt. Er hat sich zu uns gesetzt . . ." (Martin Gutl). Gott hat eigentlich nie auf einem Kontrollturm gesessen – das tun nur Menschen. Gott war nie ein Bewacher von Menschen – das besorgen wir schon gegenseitig. Gott war nie ein Diktator, der auf uns herabschaut – das ist eher unsere Art. Gott brauchte nicht erst sein Fernglas wegzulegen. Er hat schon immer bei uns gesessen. Bei Menschen wie Abraham ist er eingekehrt. (Gen 18).

Kein Gott auf der Lauer

Spätestens mußten wir das merken, als Jesus sich mit Sündern und anderem Gesindel, wie das die Frommen damals sahen, zu Tisch setzte, sich in schlechter Gesellschaft aufhielt. In unserer Gesellschaft. Wer Jesus sieht, der sieht Gott: den Vater (Joh 14,9). Wer es dem alttestamentlichen Gott noch nicht ansah, der muß jetzt, von Jesus her, rückblickend erkennen, daß dieser Gott ein Gott der Menschen ist. Und wie er seine ,,zehn Worte" wirklich meint. Wir könnten sie auch die ,,zehn großen Freiheiten" nennen. Ein Gott, der die Freiheit des Menschen garantiert.

Jesus in schlechter Gesellschaft

2. *Ein Gott, der das Leben des Menschen schützt*

Die „zehn Worte“ waren dem Volk Israel durch Mose auf zwei Tafeln übergeben worden. Auf der ersten Tafel stehen drei Worte, die den Menschen auf Gott verweisen. Auf der zweiten Tafel stehen sieben Worte, die die Menschen aufeinander verweisen. Besonders mit der zweiten Tafel will Gott zwischenmenschliche Solidarität gewährleisten. Mit den Worten auf der zweiten Tafel will er aber auch die Menschen voreinander schützen. Will sie schützen vor der Selbstsucht, vor der Lebensgier des andern. Er will dafür Sorge tragen, daß der eine nicht auf Kosten des andern lebt, der Mensch nicht Opfer der Menschen wird.

Garant zwischenmenschlicher Solidarität

Das sechste Wort z. B. läßt uns fragen, ob nicht auch im sexuellen Bereich Menschen auf Kosten anderer leben. Im damaligen zeitgeschichtlichen Zusammenhang gesehen sollte durch das sechste Wort, durch das Verbot des Ehebruchs, vor allem die Frau vor dem Mann geschützt werden. Schutz des Menschen vor dem Menschen! Im vierten Wort geht es ebenfalls um den Schutz des Menschen: um den Schutz der altwerdenden Eltern. Das fünfte Wort soll das Leben schützen, das sechste die Liebe, das siebte das Eigentum, das achte die Wahrheit. Die Weisungen Gottes wollen ausnahmslos hohe Güter des Menschen schützen.

Gott schützt hohe Güter des Menschen

Und selbst die drei Worte, die auf der ersten Tafel stehen, haben Freiheiten des Menschen im Auge. Sie lenken auf Gott hin als den Garanten dieser Freiheiten. Wir haben schon darüber nachgedacht, daß Gottes Eifersucht eine Eifersucht der Liebe ist, damit wir uns nicht falschen Göttern an den Hals werfen, damit wir ,,nie mehr zum Machwerk unserer Hände sagen: unser Gott" (Hos 14,4), oder in dieser oder jener Form uns selbst vergöttern. Und auf diese Weise uns selbst verfehlen: unser Leben und unser Glück. Es geht um uns. Thomas von Aquin sagt: ,,Gott wird von uns nicht beleidigt, es sei denn, wir handeln gegen unser eigenes Wohl".

Befreiungsprozeß in Gang gesetzt

Die Sabbatruhe der dritten Weisung, in der Gott nicht kleinlich für sich einen Tag der Verehrung erzwingen will, ist wirklich nur zu verstehen auf dem Hintergrund des von Gott in Gang gesetzten Befreiungsprozesses des Menschen. ,,Am Sabbat", sagt das dritte Wort, ,,darfst du keine Arbeit tun: du, dein Sohn und deine Tochter, dein Sklave und deine Sklavin, dein Rind, dein Esel und dein ganzes Vieh, und der Fremde, der in deinen Stadtbereichen Wohnrecht hat. Dein Sklave und deine Sklavin sollen sich ausruhen wie du. Denk daran: Als du in Ägypten Sklave warst, hat dich der Herr, dein Gott, mit starker Hand und hocherhobenem Arm dort herausgeführt. Darum hat es dir der Herr, dein Gott, zur Pflicht gemacht, den Sabbat zu halten" (Dtn 5,14 f.). Der Schutz und das Recht des Fremden in Israel waren kulturgeschichtlich ungeheuer bahnbrechend; sie sind nicht einmal heute überall verwirklicht. Der Mensch, auch der Fremde, soll am Sabbat ,,zu Atem kommen" (Ex 23,12). Denk daran, sagt Gott, daß du selber nicht gern in Unfreiheit lebst. Und weil Gott dich frei gemacht hat, gewähre auch du anderen Freiheit.

Der Sonntag ist für den Menschen da

Gewähre sie auch dir selbst! „Der Sabbat", wird Jesus später sagen, „ist für den Menschen da, nicht der Mensch für den Sabbat" (Mk 2.17). Gott will uns mit dem Feiertagsgebot gegen unseren eigenen Streß schützen. Er will uns schützen vor unserer Gewinnsucht. Und vor der Ausbeutung des Menschen. Das sogenannte „Sonntagsgebot" soll also keine Last sein, keine einengende Vorschrift, sondern Garantie auf Ausruhen, auf Feiern. Feiern nicht zuletzt dessen, was Gott für uns getan hat. Das meint „Gottesdienst". Das Wort von der Sonntagspflicht mutet da etwas merkwürdig an. Vielleicht sollten wir es ganz vermeiden. Denn schließlich sind wir es uns selber schuldig, als Menschen zu feiern – Gott zu feiern.

Aus Sklaven sollen Freie werden

Gott ist der Schlüssel für die „zehn Worte". Er, der so ganz anders handelt als wir Menschen und nicht mit dem Fernglas auf dem Kontrollturm sitzt, sondern mit seinem Volk zieht – durch die Wüste. Ein Gott, der mit uns geht, der uns nicht hängen läßt. Sich vielmehr selber hängen ließ: für uns. Er ist der Herr, mein Gott, der mich herausführt aus meinem Sklavendasein. Aus meinen hundert Unfreiheiten. Aus meinem Ägypten. Er ist der Herr, mein Gott, der mich einmal herausführen wird aus dem Gefängnis des Todes. Hier – in der radikalen Treue Gottes zu mir – liegt für mich die letzte Verbindlichkeit seiner Weisungen, an die ich mich binde.

3. *Ein Gott, der dem Menschen die Freiheit zum Guten zutraut*

Die Freiheit, mich binden zu können, ist das erste, was Gott mir zutraut. Es zeugt von einer großen Freiheit, wenn ein Mensch aus freier Wahl Bindungen eingeht und durchhält. Jemand hat einmal das, was sonst ziemlich juristisch „Unauflöslichkeit der Ehe" heißt, „freie Treue" genannt (Rudolf Pesch). Frei deswegen, weil Gesetze und Sanktionen oder äußerer Druck im letzten nicht tragfähig sind. Dieses „frei" ist dann aber alles andere als Beliebigkeit oder Bindungsscheu. Wenn ich mich binde, setze ich mir immer auch Grenzen. Wer zu seinem Ehepartner ja sagt, der sagt zu anderen Menschen als möglichen Ehepartnern nein. Man kann sich, um nur ja keine Chance zu verpassen, nicht ein Leben lang alle Türen offenhalten. Wer sich entscheidet, hat eine Wahl getroffen. Und das heißt notwendigerweise Verzicht auf andere Möglichkeiten. Wenn ich mich entscheide, zu etwas ja sage, was für mich und für andere gut ist, dann übernehme ich auch Verantwortung.

Freiheit heißt nicht Beliebigkeit

Dies gilt genauso für die Beziehungen zweier Menschen vor der Ehe. Für mich wäre da vor allem wichtig, wie diese beiden innerlich zueinander stehen. Man spricht heute kaum mehr von „Verlobung", was ja früher auch mehr sein sollte als eine schöne Familienfeier. Sie wollte Ausdruck dafür sein, daß zwei Menschen im Grunde schon ja zueinander gesagt haben. Das gibt es zweifellos auch heute. Da wächst Vertrauen. Und damit Verantwortung füreinander. Da muß – auch „vor der

Vertrauen gepaart mit Verantwortung

Ehe" – alles vermieden werden, was dieser im Wachsen begriffenen Liebe schädlich ist. Besonders Unredlichkeit: durch ein Offenhalten aller möglichen Türen. Dort liegen, denke ich, die eigentlichen Anforderungen an die sog. vorehelichen Beziehungen. Daß Partner einander vertrauen können und sich nicht doch auf irgendeine Weise betrügen. Indem der eine vorgibt, den anderen zu lieben, ihn aber in Wirklichkeit nur ausprobiert.

Ja sagen zu Grenzen

Ich muß im Leben nicht alles erfahren haben. Das ist, realistisch gesehen, schon von meiner kurzen Lebenszeit her gar nicht möglich. Es sei denn, ich renne von einem zum andern. Und dann ist es völlig aus mit der für mich beanspruchten Freiheit. Kann ich nicht ja sagen zu etwas, was von meinem Lebensweg her – auch mit dessen Grenzen – so gefügt ist? Ohne meine Freiheit dabei einzubüßen. Kann ich nicht aus Solidarität zu andern, die mit mir leben, beispielsweise auch in einer Ordensgemeinschaft, diesen Weg bis zum Ende weitergehen – in Freiheit? Ist das nicht auch Freiheit, zu etwas – zu Menschen – zu stehen? Statt es mit anderen in sich genau so guten Lebensmöglichkeiten und Entfaltungsmöglichkeiten zu versuchen?

Die Freiheit, entscheiden zu können, gehört ebenfalls zu dem, was Gott mir zutraut. Das Wählen und das Entscheiden wird uns mit den Weisungen Gottes nie abgenommen.

Mit den „zehn Worten" sind keine Rezepte gegeben

Mit den „zehn Worten" des Treuebündnisses Gottes sind keineswegs Rezepte für alles und jedes vorgegeben. Weder im

Großen für alle Geschichtsepochen und alle Kulturkreise noch im persönlichen Bereich für jede Situation in meinem Leben. Die ,,zehn Worte" sind so etwas wie Leitplanken. Damit ich weiß, wo und wie ich mich bewegen kann, ohne Bruch zu machen. Selbst die perfektesten Verkehrsvorschriften nehmen es mir nicht ab zu entscheiden, wann ich überholen darf, oder wann ich einmal langsamer fahren muß, als es offiziell erlaubt ist.

Das fünfte Wort: ,,Du sollst nicht morden!" befreit uns z. B. nicht davon, die Bedingungen herauszufinden, unter denen dieses Grundgesetz des Lebens anzuwenden oder nicht anzuwenden ist. Sonst wären Töten im Krieg oder Notwehr absolut verboten. Mit dem achten Wort der Weisung, um ein anderes Beispiel zu nehmen, ist die Wahrhaftigkeit, ist das Vertrauensverhältnis unter den Menschen gemeint. Dennoch kann es dann in einer bestimmten Situation für den einzelnen, z. B. um den guten Namen eines Mitmenschen zu schützen, sogar gefordert sein, eine Notlüge zu gebrauchen. Um jeden Preis sein Gesicht wahren zu wollen, wäre dagegen kein Motiv für eine Lüge.

Güterabwägung

Es ist im Einzelfall gar nicht so leicht, immer die richtige Güterabwägung vorzunehmen. Das macht es erforderlich, in mir so etwas wie ein Wertfühlen zu entwickeln, meinen Instinkt für das Gute zu kultivieren, mich in Entscheidungen für das Gute einzuüben. Und mit anderen darüber zu Rate zu gehen. Im Gespräch mit Menschen, zu denen ich Vertrauen habe; nicht zuletzt auch im Beichtge-

Sich für gute Entscheidungen einüben

spräch. Gewissensbildung nannte man das früher, was gar nicht so altertümlich ist.

Manche stoßen sich daran, daß nur zwei von den ,,zehn Worten" positiv formuliert sind: die Feiertagsheiligung sowie Achtung und Schutz der Eltern. Die übrigen acht Worte sind in Verbotsform gekleidet. Verbotsschilder, Geländer brauchen wir auch in unserem täglichen Leben – zum Überleben. Dazu folgende Anekdote: ,,Himmel, was für ein Abgrund", rief bei einer Wanderung ein Tourist erschrocken. ,,Daß hier kein Warnschild steht!" – ,,Gestanden hat da eines", sagte der ortsansässige Begleiter, ,,gestanden schon. Weil aber hier nie einer abgestürzt ist, haben wir das Schild wieder entfernt." Der Sinn dieser Anekdote leuchtet ein. Es ist niemand abgestürzt, weil eine Warntafel zur Vorsicht mahnte. Nimmt man sie weg, kann dies tödlich ausgehen.

Verbote sind zwar gegen etwas, doch sie sind für das Leben. Jedenfalls wenn sie von Gott kommen. Wenn ich mich an sie halte, wähle ich das Leben. Warntafeln, Hinweisschilder, Wegmarkierungen – im alltäglichen Leben erscheinen sie uns sinnvoll. Warum sollten sie nicht für eine Ebene gelten, wo es tödlich ausgehen kann, wo der Mensch noch mehr gefährdet ist? In seinen menschlichen Beziehungen nämlich, in seiner Liebe, in seinem wirklichen Glück. Kann ich mich da mit den Weisungen Gottes, auch wo sie negativ formuliert sind, nicht wieder etwas mehr anfreunden?

Verbote, die dem Leben dienen

Positiv an Verboten ist aber noch etwas anderes. Sie lassen Freiheit, lassen Spielraum: Was du auch tust – dies eine jedenfalls sollst du nicht tun. Über die Straße kannst du gehen, wann du es für richtig hältst – doch auf keinen Fall, wenn die Ampel rot anzeigt! Eine Art Notvorschriften Gottes, damit der ärgsten Not des Menschen gewehrt wird, das Schlimmste verhindert wird. Vor Absturz wird gewarnt – wie in der eben erzählten Geschichte. Sonst könnte es tödlich ausgehen.

Notmaßnahmen Gottes

Lassen wir uns nicht durch Verbote – von Gott zum Schutz elementarer Rechte des Menschen erlassen – die Sicht für das versperren, was wir tun *dürfen.* Das ist auch so eine unserer Fehleinschätzungen, über die schon die Sündenfallgeschichte im Paradies berichtet. Adam und Eva hatten sich auf den einen Baum fixiert, von dem sie nicht essen sollten. Die Fülle, die Schönheit des Gartens hingegen hatten sie ausgeblendet. Starren wir nicht auf den einen verbotenen Baum, sondern erkennen wir die großen uns von Gott zugedachten Freiheiten. Ergreifen wir die vielen Möglichkeiten, menschlich und sinnvoll zu leben.

Zehn große Freiheiten

Dann werden Weisungen Gottes zu Verheißungen. Nicht mehr: „Du sollst!" und „Du sollst nicht!". Vielmehr: „Du darfst gut sein!" Und: „Du wirst gut sein!" Die Freiheit, Gottes Weisungen zu folgen, kann mich dann wirklich frei machen. Zehn Worte Gottes – zehn große Freiheiten. Von ihnen wollen wir uns anstecken lassen zum Guten. Anstiften lassen zu einer Freiheit, wie Gott sie meint.

Ich möchte Sie jetzt einladen, mit mir in Form einer Besinnung – einer Gewissenserforschung – die zehn Freiheiten wahrzunehmen, wie Gott sie uns eröffnet hat.

Die zehn großen Freiheiten *

Ich bin Jahwe, dein Gott, der dich aus der Unfreiheit geführt hat:

Das 1. Wort der Weisung

„Du sollst neben mir keine anderen Götter haben“ – oder:

Du brauchst keine Angst zu haben!

> weder vor der Macht der Sterne oder vor der Macht des Menschen
> noch um dein Geld oder um dein Vergnügen.
> Denn wenn du dein Herz an diese Dinge hängst, wirst du zum Sklaven.

Halte dich an mich,
und du bleibst frei.

Ich, der allmächtige Gott, will dein Halt sein!

Das 2. Wort der Weisung

„Du sollst den Namen des Herrn, deines Gottes, nicht mißbrauchen“ – oder:

Du brauchst mich nicht zu zwingen, dir zu helfen!

---

* Der folgende Text wurde von Ernst Lange: „Die zehn Gebote – positiv gesehen“, inspiriert, im Wortlaut jedoch sehr variiert.

Weder durch falsche Frömmigkeit
noch durch abergläubiges Tun.
Denn das alles heißt: Schindluder treiben mit meinem Namen.

Halte dich an mich,
dein Vertrauen und dein Gebet werden nicht vergeblich sein.

Ich, der allmächtige Gott, bin ganz freiwillig dein Freund!

Das 3. Wort der Weisung

„Achte auf den Sabbat. Halte ihn heilig" – oder:

Du brauchst dich nicht zu Tode zu hetzen!

weder durch Arbeitswütigkeit
noch durch übertriebene Sorgen,
die du dir machst.
Denn das bringt dich nur unter Druck
und nimmt dir die Freude am Leben.

Halte dich an mich,
und dein Leben wird Erfüllung finden.

Ich, der allmächtige Gott, will Garant deiner Freiheit sein!

Das 4. Wort der Weisung

„Ehre deinen Vater und deine Mutter" – oder:

Du brauchst nicht in ständiger Auflehnung zu leben!

weder gegen deine Eltern oder deine Chefs
noch gegen das, was gute Gewohnheiten und sinnvolle Gesetze sind.
Denn Auflehnung gegen die guten Ordnungen des Lebens macht genau so unfrei wie unselbständiges Verhalten.

Du vergibst dir nichts, wenn du dich in Liebe einordnest und so deine Freiheit gewinnst.

Ich, der allmächtige Gott, will dein Vater sein!

Das 5. Wort der Weisung

„Du sollst nicht morden" – oder:

Du brauchst die Anderen nicht fertig zu machen!

weder dadurch, daß du um jeden Preis Sieger bleiben mußt
noch dadurch, daß du anderen ihr Wertgefühl nimmst oder sie unterdrückst.
Denn ein solches Verhalten ist kein Zeichen von Kraft, sondern von Zerstörungswillen.

Habe Mut, deinem Nächsten leben zu helfen
und das Leben des Menschen zu schützen.

Ich, der allmächtige Gott, will dein Beschützer sein!

Das 6. Wort der Weisung

„Du sollst nicht die Ehe brechen" – oder:

Du brauchst dir nicht sexuell Bestätigung zu verschaffen

weder indem du andere zum Besitzobjekt machst
noch indem du in die Verbindung anderer Menschen einbrichst und ihr Glück zerstörst.
Denn dadurch bringst du dich um die Liebe.

Du kannst es wagen, die Treue zu halten und andere glücklich zu machen.

Ich, der allmächtige Gott, will Anwalt deiner Liebe sein!

Das 7. Wort der Weisung

„Du sollst nicht stehlen" – oder:

Du brauchst dich nicht um jeden Preis zu bereichern!

weder durch kleine oder große Diebereien
noch indem du Mitmenschen ausnützest.
Denn was du dadurch an Besitz gewinnst, verlierst du als Mensch.

Sei hochherzig und ziehe es vor, zu geben statt zu nehmen.

Ich, dein allmächtiger Gott, will dein Geber sein!

Das 8. Wort der Weisung

„Du sollst nicht falsch gegen deinen Nächsten aussagen" – oder:

Du brauchst nicht von der Wahrheit abzuweichen!

Weder indem du den Nächsten verleumdest
noch indem du aus Feigheit schweigst oder die Unwahrheit sagst.
Denn Unwahrhaftigkeit und Zerstörung von Vertrauen machen das Zusammenleben der Menschen unmöglich.

Habe Mut zur Wahrhaftigkeit und baue Vertrauen auf.

Ich, der allmächtige Gott, will Schützer der Wahrheit sein!

Das 9. und 10. Wort der Weisung

,,Du sollst nicht nach dem Besitz deines Nächsten verlangen. Du sollst nicht nach dem Ehepartner deines Nächsten verlangen" – oder:

Du brauchst nicht neidisch zu sein!

weder auf den Besitz oder auf den Partner des andern
noch auf Können und Erfolg und auf die Güte des andern.
Denn die Mißgunst nimmt dir die Freude an dem, was du bist und hast.

Habe die Freiheit, den andern das Ihre zu gönnen!

Ich, der allmächtige Gott, bin der, der alles schenkt!

V.
Den Weg Jesu nachgehen

Da steht ein Mann vor uns: Saulus aus Tarsus. Sein Leben nahm eine totale Wende, als er auf Jesus stieß. Dessen Anhänger, „Anhänger des neuen Weges“ genannt (Apg 9,2), hatte er bis aufs Blut verfolgt. Er meinte, Jesus zu kennen, und hielt seine Lehre für gesetzeswidrig, ja gotteslästerlich. Doch er kannte ihn nicht wirklich. Bis es ihn buchstäblich umwarf vor Damaskus. Was hat Saulus, den fanatischen Verfolger der jungen Christengemeinde, zu einem Paulus gemacht? Zu einem der leidenschaftlichsten und konsequentesten Jünger Jesu? Ihm ist aufgegangen: Der Weg Gottes in Jesus ist *der* Weg unserer Erlösung. Der einzige Weg! Was ist dies für ein Weg, den auch wir zu gehen hätten? Damit auch wir „Anhänger des neuen Weges“ werden: Weggefährten Jesu.

Der neue Weg

1. *Der Glaube an die in Jesus angekommene Liebe Gottes*

In der Begegnung mit Jesus widerfuhr Saulus etwas Umwerfendes. Sein Leben geriet in eine völlig neue Bahn. Denn er mußte in diesem Jesus den verheißenen Messias, den Retter und Befreier Israels, erkennen. Noch mehr: den „Sohn Gottes“ (Apg 9,20), desselben Gottes, den er – „Eiferer für Gott“ (Apg 22,3) – als den einzigen und wahren

Jesus, der Messias: Retter und Befreier

Gott verehrte. Weswegen er alle diejenigen als Gotteslästerer, als Gesetzlose zu vernichten suchte, die den Namen Jesu anriefen (Apg 9,21; vgl. Gal 1,13). Und jetzt das für ihn Umstürzende: Jesus ist die Erscheinungsweise Gottes in unserer Welt. Der Gott Abrahams, Isaaks und Jakobs, der Gott seiner Väter, hat nun gerade ihn, Paulus, als Werkzeug auserwählt (Apg 9,15), um Jesus allen Menschen als Messias zu verkünden. Um ihnen kundzutun, auf welch menschenunmögliche Weise dieser Gott die Menschen liebt, um ihnen in Jesus ganz nahe zu sein. Gott unter den Menschen.

Werke des Gesetzes können nicht retten

Das ,,Damaskus-Erlebnis" hat den Saulus noch auf eine andere, für ihn ebenfalls bestürzende Weise überwältigt und zum Paulus gemacht. Wie Schuppen fiel es ihm von den Augen: Die Werke des Gesetzes, unsere moralischen Leistungen, unser überanstrengtes Tun können den Menschen nicht retten. Daß dies allein Gott vermag – ,,Gottes Kraft in menschlicher Schwachheit" (2 Kor 12,9 f.) –, das war die eigentliche Bekehrung des Saulus. Er, der die meisten, wie er schrieb, in der Treue zum jüdischen Gesetz übertraf und der untadelig war in der Gerechtigkeit gemäß diesem Gesetz (Gal 1,14; Phil 3,6), er wurde zu Boden geworfen. Auf die Beine kam er erst wieder, von seiner Blindheit wurde er erst befreit, als ihm die Einsicht geschenkt wurde: Alles, was ich bisher getan habe, war eitles Rühmen aufgrund perfekter Gesetzeserfüllung. Ja, war umsonst. Christus wäre umsonst gestorben, wollte der Mensch weiterhin das Gute, das er tun darf, auf sein eigenes frommes Konto buchen

(Gal 2,21; vgl. Röm 3,21 und 11,6). Eifer ohne Erkenntnis nennt Paulus das später (Röm 10,2). Eine Religion menschlicher Leistungen. Selbsterlösung in feinster Form – religiös salonfähig gemacht.

Das führt auf einen Weg in die falsche Richtung. Von Gott weg. Ein Gesetz, das meint, den Menschen vor Gott gerechtsprechen zu können, hat ausgedient. Insofern ist Christus das „Ende des Gesetzes" (Röm 10,4). „Nicht meine eigene Gerechtigkeit suche ich, die aus dem Gesetz hervorgeht", schreibt Paulus später an die Christengemeinde von Philippi, „sondern jene, die durch den Glauben an Christus stammt, die Gerechtigkeit, die Gott aufgrund des Glaubens schenkt" (Phil 3,9; vgl. Gal 2,16).

Christus: Ende des Gesetzes

Erlösung des Menschen aufgrund des Glaubens an Christus – nicht mehr aufgrund unseres Tuns. Dafür lebte fortan Paulus. Dafür starb er. Davon ließ er sich auch nicht durch die schwankende Haltung eines Petrus abbringen. Als Petrus Kompromisse schließen wollte, widerstand ihm Paulus ins Angesicht (Gal 2,11-16). So wurde Paulus zum „Apostel der Heiden". Er wurde in der jungen Kirche der Anwalt dafür, daß allen Menschen – nicht nur dem Volke Israel – Erlösung zuteil wird. Diese darf nicht durch geschichtlich bedingte Überlieferungen, an denen das Heil der Menschen hängen soll, blockiert werden. Damals hielt man die Beschneidung für heilsnotwendig. Die Menschen dürfen nicht mit den 612 Vorschriften des jüdischen Gesetzes von neuem heillos in die Enge getrieben werden. Der Mensch muß es nicht selber schaffen, er

Erlösung für alle Menschen

muß nicht den Nachweis erbringen, perfekt zu sein.

Dazu steht im übrigen auch Petrus. Nur hat er das in der Praxis nicht immer durchgehalten. Auf dem ersten Konzil in Jerusalem spricht er ebenso wie Paulus von der Knechtschaft des Gesetzes und fragt: „Warum stellt ihr also jetzt Gott auf die Probe und legt den Jüngern ein Joch auf den Nacken, das weder unsere Väter noch wir tragen konnten.

Gerettet aufgrund der Gnade

Wir glauben im Gegenteil, durch die Gnade Jesu, des Herrn, gerettet zu werden ..." (Apg 15,10 f.). Die Apostel brauchten sich nur an Jesus zu erinnern, der an die Adresse der Gesetzeslehrer den Wehruf gerichtet hatte: „Weh auch euch Gesetzeslehrern! Ihr ladet den Menschen Lasten auf, die sie kaum tragen können"; und dann folgt der schlimme Vorwurf: „Selbst aber rührt ihr keinen Finger dafür" (Lk 11,46).

Paulus hatte, obwohl er aus dem strengen Judentum kam und als Außenseiter wirken mußte, vielleicht mehr als die anderen Apostel die befreiende Botschaft Jesu verstanden. Er schlug den *neuen Weg* ein und wurde bahnbrechend für die junge Christenheit auf dem Weg von einer Gesetzes- und Leistungsreligion zur Freiheit des Evangeliums.

Worauf setze ich?

Hat dieser grundlegende Durchbruch auch in meinem Leben stattgefunden? Habe ich diese all meinem Handeln vorausgehende Hinkehr zu Christus, dem Erlöser der Menschen, von innen her vollzogen? Versuche ich wenigstens, mich ihm zu öffnen, um mich von seiner Liebe ergreifen zu lassen? Um mir buchstäblich alles von Jesus Christus schenken zu lassen? Ist der neue Weg, den Paulus eingeschlagen hat – seit Damaskus – auch mein Weg? Setze ich meine Hoffnung ganz auf Christus?

„Soweit ich jetzt noch in dieser Welt lebe", sagt Paulus von sich, „lebe ich im Glauben an den Sohn Gottes, der mich geliebt und sich für mich hingegeben hat" (Gal 2,20). Ein Weg, der frei macht von Leistung und Selbstbestätigung – hin zum Glauben an die in Jesus angekommene Liebe Gottes: an den Gott, der selber bei uns angekommen ist.

Ein Weg, der frei macht

2. *Ein Weg, der mich ganz auf Christus verweist*

Bei Umfragen zur Gemeindemission, wo von den Pfarrangehörigen auch Themenwünsche für die Predigt erbeten sind, rangiert Christus meistens im letzten Drittel. Wenn er überhaupt auftaucht. Als selbstverständlich vorausgesetzt? Zu oft gehört? Zu verbraucht?

„Anpassungsschwierigkeiten" an Christus

Vielleicht haben wir Christus wirklich verbraucht. Ein Text aus der Würzburger Synode, „Unsere Hoffnung" überschrieben, richtet wohl an uns alle solche Fragen wie: „Haben wir in unserer Praxis ihn (Jesus Christus) nicht allzusehr angepaßt, seinen Geist wie abgedecktes Feuer gehütet, daß er nicht zu sehr überspringe? Haben wir nicht unter allzuviel Ängstlichkeit und Routine den Enthusiasmus der Herzen eingeschläfert . . ." (II,3). Man könnte weiter fragen: Ist nicht die Kirche in der Gefahr, sich von scheinbar klaren Normen, von Recht und Ordnung zu viel zu versprechen? Wenn

Chance zum Neubeginn

es z. B. darum geht, Menschen, die in ihrer ersten Ehe gescheitert sind, die neu und ehrlich angefangen haben, zur Eucharistie zuzulassen – oder auch nicht. Denken wir da vom Gesetz her oder von der Liebe her? Steht die in sich gute Ordnung im Vordergrund? Oder der Mensch, dem Gott gerade in der Eucharistie Hilfe sein will?

Der Gedanke, was so eine Kirche ohne Jesus machte, ist vielleicht nicht nur ein interessantes Gedankenspiel. Vieles, vermute ich, würde weiterlaufen, würde weiter verwaltet werden. Selbst Glaubensbekenntnisse könnten weiter rezitiert, Orchester-Messen weiter aufgeführt werden. In unserer europäischen Gesellschaft ist so manches zum Leerlauf geworden. ,,Wir sind trotz aller Richtigkeit und Rechtgläubigkeit an einem toten Punkt" (Alfred Delp). Da die Traditionen einer ,,christentümlichen Gesellschaft" und auch die öffentliche Meinung unseren Glauben kaum noch abstützen, ist jedem von uns die Entscheidung abverlangt, ganz bewußt Christus zu wählen.

Entschiedenheit aus Überzeugung

Entschieden Christ sein aus der Überzeugung, daß unsere menschliche Existenz an Christus hängt! So hat es der evangelische Theologe Dietrich Bonhoeffer, der ebenso wie Pater Delp von den Nazis hingerichtet wurde, vor seinem Tod niedergeschrieben: ,,Wenn ein Mensch wie Christus gelebt hat, dann hat es für den Menschen einen Sinn zu leben. Hätte Jesus nicht gelebt, dann wäre unser Leben, trotz aller anderen Menschen, die wir kennen, verehren und lieben, sinnlos." Dieser Mann wußte, wovon er sprach. Es ist die Frage an mich ganz persönlich: Wie viel ist mir Christus wert in all dem, was ich religiös und kirchlich tue?

Und immer wieder dieser Paulus, der auf's Ganze ging. Er bezeichnet sich als ,,Gefangener Christi" (Eph 3,1). Denn daß er im Gefängnis sitzt, ist für ihn nicht tragisch. Schon längst hat er sich von Christus gefangennehmen lassen – freiwillig. Wenn er schreibt, er sei dem Gesetz gestorben, um für Gott zu leben, dann mag das Erste uns noch leicht vorkommen und sympathisch sein. Man wird ja damit eine Last los. Aber dieses ,,für Gott leben" schneidet ins Fleisch. Das bedeutet nämlich, den Weg Jesu einschlagen, ihm nachgehen. Darum fährt Paulus fort: ,,Ich bin mit Christus gekreuzigt worden; nicht mehr ich lebe, sondern Christus lebt in mir" (Gal 2,19 f.).

Konsequenter in die Nachfolge Jesu eintreten

Wer von uns kann das von sich sagen? Wir könnten uns trösten: Paulus und Franziskus und Martin Luther-King und Mutter Teresa, das seien eben Superchristen. Dennoch stellt die Nachfolge Christi keinen Sonderauftrag für eine Elitetruppe dar. Der schon erwähnte Text ,,Unsere Hoffnung" sagt das sehr deutlich: ,,So gilt als Gesetz unserer kirchlichen Erneuerung, daß wir vor allem die Angleichungsschwierigkeiten gegenüber dem, auf den wir uns berufen und aus dem wir leben, überwinden und daß wir konsequenter in seine Nachfolge eintreten, um den Abstand zwischen ihm und uns zu verringern und unsere Schicksalsgemeinschaft mit ihm zu verlebendigen. Dann ist ein Weg und eine Zukunft" (II,3).

Ein Weg, der mich auf Christus verweist. Bedingungslos. Ein Weg, der mich auf die anderen verweist. Auch dies ohne Vorbehalte.

3. Ein Weg, der mich ganz für die andern da sein läßt

Die Schicksalsgemeinschaft mit Christus bedeutet alles andere als weltabgewandte Kreuzesmystik. Denn gerade die Gleichförmigkeit mit ihm läßt nicht zu, „daß wir über seinem Kreuz die vielen Kreuze in der Welt übersehen ..." (ebd., I,2). Und denken wir nicht nur an die mittlerweile Literatur und Film gewordenen schrecklichen Kreuze von Hiroshima und Auschwitz, an denen wir – zu unserer Entlastung – ohnehin nichts mehr ändern können. Denken wir an die Kreuze in unserer nächsten Umgebung. An die Kreuze von nebenan. Innerlich frei werden, indem ich den Weg Jesu nachgehe, heißt darum einen Weg gehen auf die andern zu. Ihnen Lasten abnehmen, ihnen etwas mehr Zuversicht und Geborgenheit schenken. Martin Buber, gläubiger jüdischer Philosoph, sagt das einmal so: „Ich möchte nicht mit einer erlösten Seele in einer unerlösten Welt herumlaufen". Das geht auch gar nicht. Wie – nach Satre – die Hölle die andern sind, so sind die andern auch der Himmel. Mit anderen erlöst werden oder gar nicht erlöst werden. Früher sagte man: „Rette deine Seele!" Es müßte wohl so heißen: Dein Heil – das sind die andern!

In dem einen Kreuz die vielen Kreuze sehen

Die Last der anderen mittragen

Sie werden die Erfahrung gemacht haben: Wenn ich mich offen halte für die andern, wenn ich deren

Sorgen wahrnehme, dann werde ich auch selber freier dem gegenüber, was meine Not und meine Last ist. Wer andern ihre Last mittragen hilft, der wird selber ein Stück weit mitgetragen. Indem ich über mich selbst hinauslebe, auf die Mitmenschen hin, verringere ich den Abstand zwischen mir und ihnen. Und das bedeutet zugleich: den Abstand zwischen mir und Christus verringern.

Ein Märchen: Ein reicher Mann starb und erwachte im Paradies. Eine reich gedeckte Tafel verhieß wahrhaft himmlische Freuden. Und alles kostete nur einen Groschen, wurde gesagt. Da dachte der Mann an seinen großen Reichtum und freute sich von Herzen. Doch als er bezahlen wollte, schüttelte man den Kopf: Bei uns gilt nur das Geld, das einer verschenkt hat. Der Mann wurde traurig, denn er war plötzlich bettelarm. Er hatte nichts in seinem Leben verschenkt.

Gottes- und Nächstenliebe leben voneinander

Wie oft habe ich das schon im Leben gehört – und gepredigt: Daß Gottes- und Nächstenliebe nicht getrennt werden dürfen. Daß das eine vom andern lebt – oder das eine mit dem andern stirbt. Daß mein ganzes religiöses Leben eine Selbsttäuschung ist, wenn ich meine, Gott lieben zu können ohne Menschenliebe (1 Joh 2,9). Daß ich Christus umsonst gedient habe, wenn ich ihm nicht im Mitmenschen diene. Daß dies allein zählt. Daß wir allein darüber – über die Liebe – gerichtet werden. „Nachfolge genügt“, sagt der Hoffnungstext der Synode (III., Einleitung). Was genügt *mir*?

Versuchen wir es doch ab und zu im Alltag: die Menschen neben uns mit andern, mit den Augen

Jesu zu sehen. Dann würden sie alle in ein neues Blickfeld geraten: der griesgrämige Nachbar oder der nervös wirkende Arbeitskollege. Auch die Menschen im Bus wären dann für mich keine Viehherde mehr. Und für den an einer Last tragenden Mitmenschen, der vielleicht nur eine halbe Stunde meine Aufmerksamkeit brauchte, bliebe mir dann doch etwas Zeit. Sollte ich möglicherweise die Fähigkeit zu lieben so ziemlich verloren haben?

Mit der alltäglichen Liebe beginnen

Antoine de Saint-Exupéry erzählt von der Erfahrung der alltäglichen Liebe, auf die es ankomme – soll es in der großen Welt besser gehen: „Als ich heute Abend in der Einöde meiner Liebe umherging, begegnete ich einem kleinen Mädchen in Tränen. Ich bog seinen Kopf zurück, um in seinen Augen zu lesen, und sein Kummer hat mich geblendet. Wenn ich es ablehne, Herr, ihn kennenzulernen, lehne ich einen Teil der Welt ab und habe mein Werk nicht vollendet. Es geht nicht darum, daß ich mich von den großen Zielen abwende, aber es gilt dieses kleine Mädchen zu trösten. Denn nur dann geht es gut in der Welt."

Beeindruckt hat mich an dieser Geschichte auch, wie dieser nun gar nicht bigotte Saint-Exupéry aus der Begegnung mit dem kleinen Kind die Begegnung mit Gott im Gebet sucht. Das möchte ich in Zukunft auch wieder mehr versuchen. Weil die Begegnung mit Christus und die Begegnung mit den Menschen zusammengehören, aufeinander angewiesen sind. Aus diesem Lebenszusammenhang nimmt eine Frau wie Mutter Teresa ihr Engagement für die Armen und Leidenden. Ihr glaube ich es, wenn sie sagt: „Alles kommt darauf an, dem Menschen das Gefühl zu vermitteln, absolut erwünscht zu sein. Bringt Licht in das Leben des Menschen! Damit sie dieses absolute und lebensnotwendige Gefühl bekommen, erwünscht zu sein – zu leben mit einem, der lebt: mit Jesus."

Das lebensnotwendige Gefühl, erwünscht zu sein

Leben mit einem, der lebt. Wir merken dann aber auch: Ein solches Lebensgesetz läßt alle Gesetze weit hinter sich, Kein anderer, kein geringerer als Christus selbst, ist das Gesetz meines Lebens! „Einer trage des anderen Last; so werdet ihr das Gesetz Christi erfüllen" (Eph 6,2), steht im Epheserbrief zu lesen. Das sind keine Rezepte. Das ist ein Lebensentwurf. Ein solches Gesetz stellt dann ganz andere Anforderungen an uns als eine Gesetzesmoral mit tausend Vorschriften – mit dem Buchstaben, der den Geist der Liebe töten kann (2 Kor 3,6). Gott läßt uns Spielraum für die Liebe. Phantasie, dem andern ein wenig weiterzuhelfen, ihn froher zu machen, ihn spüren zu lassen: Du bist nicht überflüssig, es ist gut, daß es dich gibt! Man kann sehr wohl den Buchstaben des Gesetzes erfüllen, korrekt handeln! – und gegen die Liebe sündigen, d. h. die Person des andern beiseite lassen.

Es geht schon um eine Umwandlung des Herzens. Wie es bereits die Propheten des Alten Bundes ansagen: Daß Gott sein Gesetz in unser Inneres legt, es uns aufs Herz schreibt (Jer 31,33). Daß Gott uns einen neuen Geist, eine neue Gesinnung schenkt. Daß Gott, gerade um nach seinen Gesetzen leben zu können, das Herz von Stein uns aus

Sich ein neues Herz schenken lassen

unserer Brust nimmt und uns ein Herz von Fleisch einpflanzt (Ez 11,19 f.). Eine Art Herztransplantation, die Gott möglich macht. Wenn ich mich darauf einlasse.

Eine solche Freiheit der Liebe, die aus dem Herzen kommt, die mit dem Herzen sieht, kann dann nicht mehr mit Willkür und Beliebigkeit verwechselt werden. Wiederum müssen wir es uns von Paulus sagen lassen, der in seinem ,,Brief der Freiheit" an die Galater schreibt: ,,Ihr seid zur Freiheit berufen, Brüder. Nur nehmt die Freiheit nicht zum Vorwand für das Fleisch (mit ,,Fleisch" ist ein ich- und weltverhaftetes Tun, auch ein dem Gesetz verhaftetes Tun gemeint), sondern dient einander in Liebe! Denn das ganze Gesetz ist in dem einen Wort zusammengefaßt: Du sollst deinen Nächsten lieben wie dich selbst!" (Gal 5,13 f.). Und er fügt etwas ironisch hinzu: ,,Wenn ihr einander beißt und verschlingt, dann gebt acht, daß ihr euch nicht gegenseitig umbringt" (5,15). Heilige waren das damals auch nicht. Doch sie haben sich auf den Weg gemacht, um in der Liebe das Grundmaß menschlichen Lebens zu finden. Und darin Gott zu finden.

Die Zusammenfassung des Gesetzes

Eine Geschichte aus dem chassidischen Judentum mag zum Schluß noch anschaulich machen, wie nahe wir dem Mitmenschen kommen müssen, damit es aufhört mit der Nacht unter den Menschen. Damit es Tag wird. Ein alter Rabbi sprach mit seinen Schülern darüber, wie man die Stunde genau bestimmt, in der die Nacht endet und der Tag beginnt. ,,Ist es, wenn man von weitem einen Dattelbaum von einem Feigenbaum unterscheiden kann?", fragte ein Schüler. „Nein, antwortet der Rabbi." „Ist es, wenn man von weitem einen Hund von einem Schaf unterscheiden kann?" fragte ein anderer. „Nein, auch das nicht", sagte der Rabbi. „Aber wann ist es dann?" fragten die Schüler. „Es ist dann, wenn du in das Gesicht eines Menschen blicken kannst und deinen Bruder oder deine Schwester erkennst. Bis dahin ist die Nacht noch bei uns."

Wann der Tag beginnt

VI.
Vom Tod her leben

Wer seinen Mitchristen zu tieferem Glauben verhelfen möchte, zu mehr Hoffnung und Freiheit, und wer dies im Dienst an der Erlösungsbotschaft Christi tut, der kann sich nicht als Informant, als Nachrichtensprecher verstehen. Noch viel weniger als Lieferant von Wahrheiten. Andere über die Freiheit, wie Gott sie meint, zu informieren, würde nicht ausreichen. Und liefern kann er dem anderen diese Freiheit schon gar nicht. Wir alle hätten daraus zu leben. Alles andere wäre Reden *über* etwas, nicht ein Sprechen von dem, was das Wichtigste in meinem Leben sein müßte: in Christus zur Freiheit erlöst zu werden.

Aus der Freiheit leben

„Die Freiheit, vom Tod her zu leben“ – da spüre ich Widerstände in mir. Dies hört sich zwar schön an, das geht mir mehr oder weniger leicht über die Lippen. Aber was geht da in mir vor, wenn ich von der Freiheit spreche, vom Tod her zu leben? Zuallererst muß ich mir eingestehen: vom Tod befreien kann ich mich nicht. Mit diesem Eingeständnis muß die Freiheit, vom Tod her zu leben, wohl anfangen.

1. *Den Tod sehen und annehmen*

Den Tod wahrhaben wollen

Voltaire hat gesagt: „Der Mensch ist das einzige Lebewesen, das weiß, daß es sterben muß.“ Doch wissen und wahrhaben wollen, erst recht: annehmen, das sind verschiedene Dinge. Da kann ich aus den Erfahrungen anderer lernen: Von denjenigen, die nach Psalm 90 ein weises Herz gewonnen haben", weil Gott sie in ihrem Leben gelehrt hat, ,,ihre Tage zu zählen" (V.12). Persönlich denke ich jetzt an eine 83jährige Frau, die in einer großen inneren Gelassenheit, nach einem gar nicht leichten Leben, dem Tod entgegensieht, entgegenlebt; ohne dabei das Schöne des gegenwärtigen Tages zu verachten. Manchmal ist das auch jüngeren Menschen geschenkt. Mozart beispielsweise, der führwahr kein Lebensverächter war und der mit 32 Jahren seinem Vater folgendes schrieb (7. April 1787): ,,Da der Tod (genaugenommen) der wahre Endzweck unseres Lebens ist, so habe ich mich seit ein paar Jahren mit diesem wahren, besten Freund des Menschen so bekannt gemacht, daß sein Bild nicht alleine nichts Schreckendes mehr für mich hat, sondern recht viel Beruhigendes und Tröstendes! Und ich danke Gott, daß er mir das Glück gegönnt hat, mir die Gelegenheit zu verschaffen, ihn als Schlüssel zu unserer wahren Glückseligkeit kennenzulernen. Ich lege mich nie zu Bette, ohne zu bedenken, daß ich vielleicht (so jung ich bin) den anderen Tag nicht mehr sehen werde. Und es wird doch kein Mensch von allen, die mich kennen, sagen können, daß ich im Umgang mürrisch oder traurig wäre. Und für diese Glückseligkeit danke ich alle Tage meinem Schöpfer und wünsche sie von Herzen jedem meiner Mitmenschen." Mozart spricht in diesem Brief vom Tod als dem ,,Schlüssel zu unserer wahren Glückseligkeit", eine Glückseligkeit, die

Sich mit dem Tod anfreunden

er auf dieser Erde schon vorkosten durfte. Und für die er seinem Schöpfer dankt.

Meine eigene Einstellung zum Tod hängt sehr davon ab, in welcher Umgebung der Tod für mich angesiedelt ist. Es gibt ja noch eine andere dunkle Macht, mit der der Tod oft in Beziehung gebracht wird – so wenn wir sagen, jemand „fürchte weder Tod noch Teufel“. Sind beide Kumpanen? Der Hebräerbrief spricht davon, daß der Teufel Gewalt über den Tod hat. Das war so, bevor Christus durch seinen Tod den Teufel entmachtete: „um die zu befreien, die durch die Furcht vor dem Tod ihr Leben lang der Knechtschaft verfallen waren“ (Hebr 2,14 f.). Gerät durch Christus der Tod aus der Gewalt des Bösen, sagen wir ruhig: des Teufels, dann wird der Tod selber frei. Dann können auch wir ihm gegenüber freier, gelöster werden. Denn nicht er ist derjenige, der unser versklavtes Dasein verschuldet hat und uns in eine Situation der Knechtschaft und Angst gebracht hat. Er selber ist in das unglückselige Spiel der Menschheit hineingeraten: in ihre Ablösung von Gott.

Der Tod unter der Gewalt des Teufels

Wie ist er da hineingeraten? Wir haben gelernt, der Tod sei eine Folge der Sünde; und zwar die schlimmste. Nicht nur Folge, sondern Strafe. „Der Lohn der Sünde ist der Tod“, lesen wir bei Paulus (Röm 6,23). Wir dürfen dieses Wort nicht auf den biologischen Tod einengen. Denn auch ohne die Sünde des Menschen wäre der Tod unser normales Ende gewesen. Der Tod ist das Los alles Geschaffenen. Nicht ein Betriebsfehler der Schöpfung oder eine von Adam und Eva verschuldete

Der Tod Folge der Sünde?

Menschheitskatastrophe. Nehmen wir dem Tod den Geruch der Sündenstrafe. Lassen wir ihm seine natürliche Funktion im Prozeß des Sterbens, das allem Geschaffenen anhaftet.

Damit ist mir dann aber immer noch nicht die Angst vor dem Sterben genommen. Darf ich sie nicht haben? Christus stand als wahrer und wirklicher Mensch genauso in der Reihe aller Sterbenden. Sogar der gewaltsam Sterbenden und der unter fürchterlichen Qualen Sterbenden. Seine Angst trieb ihm das Blut aus den Poren. Am Kreuz überfiel ihn eine abgrundtiefe Verlassenheit. Aber das Sterben und der Tod sind vielleicht doch Zweierlei. Das Sterben als schmerzvoller Ablösungsprozeß von meinem Leben – und der Tod, der mich davon ablöst. Warum müssen wir uns den Tod immer als hohläugiges Gerippe vorstellen? Der Mann mit der Sense, der dazwischenfährt, mein Leben brutal abwürgt. Werde ich im Tod eigentlich getötet?

Sterben und Tod sind zweierlei

Mein Leben auslöschen kann der Nächstbeste, kann ich selber. Wenn Gott mich aber sterben läßt – er, der mich ins Leben gerufen hat –, dann ist dies kein Töten. Und ich hoffe darauf, daß er mich in der allerletzten Stunde auf barmherzige Weise sterben läßt. Der Tod ist dann nicht mehr Würger. Eher Todesengel. Der Tod ein Engel Gottes! Mit ihm könnte ich mich anfreunden. Der Tod als gnädiges Geschehen, dies nähme meinem Sterben den Schrecken. So wie es Rainer Maria Rilke einmal zur Sprache brachte:

Der Tod als Engel Gottes

„Wir alle fallen. Diese Hand da fällt.
Und sieh dir andere an: es ist in allen.
Und doch ist einer, welcher dieses Fallen
unendlich sanft in seinen Händen hält.“

Den Tod sehen und annehmen. Den Tod ins Leben einbeziehen. das könnte mich freier machen, auch fröhlicher. Beginn der Freiheit, vom Tod her zu leben. Damit ich nicht in der Furcht vor dem Tod ein Leben lang in Knechtschaft gehalten werde. Eine solch neugewonnene Freiheit kommt meinem Leben zugute. Vom Tod her fließt dem Leben neue Lebenskraft zu. Darum heißt: „Freiheit, vom Tod her zu leben“ auch: das Leben vor dem Tod lieben. Religiös gesprochen: an ein Leben vor dem Tod glauben.

Neugewonnene Freiheit zum Leben

2. *An ein Leben vor dem Tod glauben*

Ich glaube an ein Leben vor dem Tod. Die Tatsache fasziniert mich immer wieder, daß das alte Israel über lange Zeit gar keinen Gedanken an ein Weiterleben nach dem Tod bei Gott gekannt hat, die Hoffnung darauf gar nicht gewagt hat. Gerade die großen Glaubenden dieses Volkes sahen ihr irdisches Leben als von Gott geschenkt und waren dessen zufrieden. Jeder Israelit sehnte sich danach, „betagt und satt an Jahren“ (Gen 35,29), man könnte auch sagen: menschlich reich, sein Leben zu beschließen. Ein sich ganz aufs Jenseits verlegender Glaube ist dagegen in der Gefahr, das Leben vom Unsterblichkeitsgedanken oder vom Himmel her menschlich zu verkürzen, ärmer zu machen.

Das Leben nicht menschlich verkürzen

Der Tod treibt eigentlich die Kostbarkeit des Lebens auf die Spitze.

Im Brief an die Christengemeinde von Ephesus werden wir aufgefordert, die Zeit zu nutzen, wörtlich heißt es: „auszukaufen" (Eph 5,16). Damit ist sicher nicht ein Herausholen aller Lebensmöglichkeiten gemeint: ein an sich reißen wollen um jeden Preis. Genausowenig wie ein religiöses Superprogramm, wo wir im Blick auf das im Tod kommende Gericht vor Gott gute Werke, „Verdienste" auftürmen müssen. Es käme darauf an, ohne Krampf und ohne Verbissenheit das Leben als eine uns von Gott geschenkte Zeit auszukosten. Im besten Sinne. Den Tag mit dem Guten und Schönen, was er bringt, zu ergreifen. Pflücke den Tag und was er bringt, sagten die Römer („Carpe diem"). Gottfried Keller hat am Abend seines Lebens seine eigenen bald erlöschenden Augen ermuntert:

Das Leben: Eine von Gott geschenkte Zeit

„*Doch noch wandl' ich auf dem Abendfeld*
Nur dem sinkenden Gestirn gesellt
Trinkt, o Augen, was die Wimper hält
Von dem gold'nen Überfluß der Welt".

Kaufet die Zeit aus! Das heißt auch: seine Zeit verantworten. Sie ist geliehen. Doch auch dies, ohne alles religiös zu verzwecken, zu verplanen, hochzurechnen auf das hin, was es für die Ewigkeit bringt. Gott will aus dem Tod kein Druckmittel machen. Wir brauchen also weder nach der Stoppuhr moralisch Punkte zu sammeln für das Leben nach dem Tod. Noch dürfen wir – vor dem Tod –

Unsere Zeit ist nicht unbegrenzt

einfach in den Tag hineinleben. Denn die Zeit zu leben und zu lieben ist nicht unbegrenzt.

Eine Legende („Die drei Gaben" von Werner Reiser), mit der Überschrift „Als der Tod sich von Gott lossagte", weiß davon zu erzählen, wie sich der Tod nicht mehr dem Willen Gottes unterwerfen wollte. Er verlängerte die Lebenszeit der einzelnen Menschen selbstmächtig; ja, er wollte überhaupt nicht mehr in Aktion treten. Und damit hat er den Menschen keinen guten Dienst getan: „Alle Versuche, sich den Lebenden zuzuwenden, scheiterten nach kurzer Zeit. Warum sollte man einander jetzt Freude machen, wenn man einander unendlich lange haben würde und haben müßte? So dachten bald auch jene, die sich liebten. Sie begannen ihre Liebe zu sparen, damit sie länger dauern würde. Von den Liebenden ging es bald auch auf alle andern über. Man brauchte keine Zeit mehr füreinander zu haben, da unbegrenzt viel Zeit zur Verfügung stand. Irgendwann in einer fernen Zukunft würde man doch wieder einen Zeitpunkt finden, in dem man alles Versäumte nachholen könnte. So starb die Liebe." Diese Geschichte endet jedoch tröstlich. Gott stimmt den Tod um und läßt ihn wieder tätig werden – aus Liebe zum Menschen. „Seither dürfen die Menschen den Tod wieder aus der Hand Gottes annehmen, weil sie das Leben aus seiner Hand empfangen. Es ist wohl noch immer ein unerforschliches Geheimnis. Aber es ist das Geheimnis Gottes, der allein menschliche Gegenwart abbricht und zur Vergangenheit macht, der aber allein auch menschliche Gegenwart aufbricht und zur Zukunft macht."

Leben und Tod aus der Hand Gottes annehmen

Ich glaube an das Leben vor dem Tod. Weil unsere Zukunft schon begonnen hat. Unsere Auferstehung. Jetzt schon: vor dem Tod.

Manchmal stehen wir auf
Stehen wir zur Auferstehung auf
Mitten am Tag
Mit unserem lebendigen Haar
Mit unserer atmenden Haut"
(Marie Luise Kaschnitz).

Das Leben vor dem Tod – und daran zu glauben! – ist keine humanistische Einebnung, kein Verrat an der christlichen Botschaft. Im 1. Johannesbrief lesen wir es: ,,Wir wissen, daß wir aus dem Tod in das Leben hinübergegangen sind, weil wir die Brüder lieben. Wer nicht liebt, bleibt im Tod" (1 Joh 3,14). Auferstehen oder im Tod bleiben, das beginnt sich jetzt schon anzubahnen. Wenn wir lieben – oder nicht lieben.

Auferstehungserfahrungen vor dem Tod

Auferstehungserfahrungen mit der Liebe machen – vor dem Tod. Mir persönlich hilft es nicht viel, darüber nachzugrübeln, wie das wohl mit der Auferstehung nach dem Tode aussehen wird. Das übersteigt mein Fassungsvermögen. In dem einen bin ich mir jedenfalls sicher: Es wird kein Leben nach dem Tod geben ohne das Leben vor dem Tod – aus der Liebe. Ich werde nicht auferstehen zum wahren, ewigen Leben, wenn ich dieses wirkliche Leben nicht jetzt schon – von Gott her und auf die Menschen hin – lebe. Auf einem Grabstein in Ostpreußen, so weiß Edzard Schaper zu berichten, stehen die Worte: ,,Vielleicht war es früher so, daß ein Mensch einfach bis zur Grenze ging, und dort starb er dann, und das ewige Leben begann. – Seit Jesu Christo aber geht die Grenze mit, und so weiß niemand im Grunde, wann und wo das ewige Leben beginnt." Ich glaube an das Leben vor dem Tod!

Die Grenze wandert mit

Auferstehungserfahrung mit der Liebe, schon jetzt. Das geschieht immer dann, wenn einer zum andern, zum Ehepartner beispielsweise, sagen kann: „Ich will, du sollst nicht untergehen" (Gabriel Marcel), ich will dein Glück für immer.

Auferstehungserfahrung mit der Liebe, schon jetzt. Das geschieht immer dann, wenn einer für den andern Verantwortung übernimmt, ein Stück weit Begleiter ist, Weggefährte.

Auferstehungserfahrung mit der Liebe, schon jetzt. Das geschieht immer dann, wenn einer dem andern etwas Hoffnung gibt, und sei es nur durch einen guten Blick, durch das Hinhören auf ihn, durch ein Wort der Zuwendung.

Auferstehungserfahrung mit der Liebe, schon jetzt. Das geschieht immer dann, wenn einer den andern nicht fallen läßt, ihn aushält, ihn hält.

Auferstehungserfahrung mit der Liebe, schon jetzt. Das geschieht immer dann, wenn jemand nicht zurückschlägt, nicht Sieger bleiben will, seine eigene Ohnmacht zeigt.

Das Gegenteil davon ist dann die Sünde: der Tod menschlichen Lebens. Und das betrifft meine ganze menschliche Existenz. So ist das Wort des Paulus in seinem vollen Ausmaß, in seiner ganzen Tragweite zu verstehen: „Der Lohn der Sünde ist der Tod." Wer nicht liebt, bleibt im Tod!

Wer nicht liebt, bleibt im Tod

Kinder können manchmal so direkt fragen, bringen Erwachsene in Verlegenheit. „Mutter, warum leben wir denn, wenn wir hinterher doch sterben müssen?“, so fragte einmal ein Sechsjähriger. Wie soll die Mutter darauf antworten? Sicher nicht mit Katechismuswahrheiten, denen das Kind anmerkt, daß sie angelernt sind. „Mutter, warum leben wir denn, wenn wir hinterher doch sterben müssen?“ Könnte etwa folgende Antwort nicht genügen: „Das frage ich mich auch oft. Und viel klügere Leute als ich haben darüber nachgedacht und haben sich mit der Antwort schwer getan. Aber du sollst wissen: Wenn du sterben würdest, könnte ich das gar nicht fassen. Du fehltest mir sehr. Denn ich bin doch so glücklich, daß es dich gibt und daß du bei uns bist.“ Alles andere muß das Leben sagen, muß die Liebe sagen, die diesem Kind geschenkt wird. Und nur so wird es erfahren können, daß unser Sprechen von der Liebe Gottes, über den Tod hinaus, keine Gerede ist. Auch jungen Menschen hätten wir die Erfahrung zu vermitteln: Es gibt einen Tod, der menschliches Zusammenleben bedroht, ja zerstört: der Tod der Liebe. Doch da ist noch jemand, der das Unfaßbare zuwege bringt: das Zerstörte wiederherzustellen, Menschen wieder zusammenzubringen, Leben zu erwecken aus dem Tod.

Gott macht das Unmögliche möglich

Auferstehungserfahrungen. Schon jetzt. Immer dann, wenn ich dem andern zum Leben, zur Freiheit verhelfe. Und ihn darin demjenigen begegnen lasse, der allein Leben schafft, Leben erhält, Leben wiedererweckt. Er, von dem Paulus sagt, daß er

„die Toten lebendig macht und das, was nicht ist, ins Dasein ruft" (Röm 4,17). Ich glaube an das Leben vor dem Tod, weil es das Leben aus dem Tod gibt.

3. *An ein Leben aus dem Tod glauben*

Ich glaube an das Leben aus dem Tod. Franz von Assisi, der das Leben vor dem Tod in einer großen inneren Freiheit gelebt hat und allem Geschöpflichen geschwisterlich verbunden war, hat in seinem „Sonnengesang" auch den leiblichen Tod als seinen Bruder gepriesen. „Gelobt seist du, mein Herr! Durch unseren Bruder, den leiblichen Tod; kein lebender Mensch kann ihm entrinnen." Und er fährt fort: „Selig, die der Tod antrifft in deinem heiligsten Willen; denn der zweite Tod kann ihm nichts antun." Der zweite Tod – das ist der wirkliche Tod. Ihn müssen wir fürchten. Dem Willen Gottes hingegen, der Leben bringt und nicht den Tod, ihm sollten wir uns anheimgeben.

Der „Zweite Tod" der wirkliche Tod

Für Franz von Assisi war das kein anderer Gott als Jesus, der Gekreuzigte, dessen Todesleiden, dessen Wundmale er an seinem Leib getragen hat. Von ihm erhoffte er alles. Er hat die äußerste Armut gelebt, um sich alles von Gott schenken zu lassen. Letzte Armut und Entblößung in der Lebensgemeinschaft, in der Todesgemeinschaft mit Christus. „Brüder, nun laßt uns endlich anfangen, Gutes zu tun!", konnte er am Ende eines Lebens, das voll war von Liebe, zu seinen Mitbrüdern sagen.

Und auf dem Totenbett bat er sie, ihn nackt auf die Erde zu legen. Nackt vor Gott. Das ist höchste Freiheit. Frei von jedem Besitzdenken. Sich ganz von Gott erlösen zu lassen, sich von ihm aus dem Tod herausholen zu lassen! Sollen nicht auch wir Gott zutrauen, er werde im letzten Tod unseres Lebens den Tod überwinden?

Höchste Freiheit

Aber Franz von Assisi und andere, so auch Paulus, der sein Leben vom Tod Christi prägen ließ (Phil 3,10), sie alle, die auf das Leben aus dem Tod gesetzt haben, mußten in ihrem Leben viele Tode sterben. Sterben vor dem letzten Tod. Anders geht es nicht. Wir alle machen solche Erfahrungen: im Abschiednehmen (partir c'est toujours un peu mourir – davonfahren, das ist immer schon ein wenig das Sterben), im Hinter-sich-lassen, im Krank-werden, im Älter-werden. Das alles läßt uns den Tod einüben. „Greifen und festhalten kann ich seit der Geburt. Teilen und Schenken mußte ich lernen. Jetzt übe ich das Lassen" (Kyrilla Spiecker).

Das Lassen üben

Stirb, bevor du stirbst! Kein Kinderspiel. Der schlesische Schusterphilosoph Jakob Böhme brachte in der Zeit des Dreißigjährigen Krieges seine Lebenserfahrung auf den Nenner: „Du mußt manchen Tod zuvor sterben, wenn dir der letzte glücken soll. Wer nicht stirbt, ehe er stirbt, der verdirbt, wenn er stirbt!" Das scheint mir keine verstiegene Todesmystik zu sein. Damit ich nämlich leben lerne, indem ich sterbe. Oder anders gesagt: Damit ich sterben lerne, indem ich richtig lebe. Wenn das gelingt, dann rennt der Tod bei mir offene Türen ein.

Dann wird der Tod für mich nur die allerletzte Geburt, wird das Leinentuch meine letzte Windel sein (Marcel Jouhandeau). Ich glaube an das Leben aus dem Tod.

Das Entscheidende dabei – am Ende – muß ich dann Gott überlassen: die letzte Auferweckung aus meinem letzten Sterben. Das kann nur Gott. Ihm muß ich mich völlig überlassen. Nackt und vertrauensvoll. Zu sagen: ich glaube an das Leben aus dem Tod, heißt sagen: Es gibt Dich, Gott! Es gibt Dich, Gott der Lebenden und nicht der Toten. Es gibt Dich so, wie du in Jesus da bist. Wie Du in ihm für uns gestorben bist, damit wir das Leben haben im Überfluß (Joh 10,10): überfließend in ein Leben nach dem Tod. Viele haben im Laufe der Menschheitsgeschichte gelitten, einige sind auch für andere gestorben. Sie alle vermochten den Bannkreis des Todes nicht zu durchbrechen. Nur Gott konnte, indem er sich selber dem Tode preisgab, die Todeslinie überschreiten. So daß der Tod nun nicht mehr Ende ist. Nur noch Grenze. Und die wandert jetzt schon mit.

Gott das Unmögliche zutrauen

In Jesus hat die Befreiung des Menschen zum wahren Leben begonnen. In einer maßlosen Liebe hat Gott die Maße des Geschöpflichen gesprengt und dem Menschen die Möglichkeit des Überlebens eröffnet. Einem solchen Gott, der bis in die letzte Entäußerung (Phil 2), bis in unsere abgründigsten Ängsten, ja bis in eine menschlich trostlose Verlassenheit am Kreuz der letzte aller Menschen geworden ist – diesem Gott schenke ich Glauben. Und keiner Philosophie, keiner Weisheit sonst.

In der ältesten bei Markus überlieferten Passionsgeschichte ist auch von einem römischen Hauptmann die Rede. Im Anblick der Verlassenheit Jesu – seinen Todesschrei noch in den Ohren – rief er aus: „Wahrhaftig, dieser Mensch war Gottes Sohn!" (Mk 15,39). Gäbe es Jesus nicht, den Getöteten und Auferstandenen, müßten alle menschlichen Hoffnungen zerbrechen. Diese unstillbare Sehnsucht in meinem Herzen nach Leben auf immer. Diese Hoffnung auf einen neuen Himmel und eine neue Erde, wo Gott alle Tränen von unseren Augen abwischen wird, wo es keinen Tod, keine Klage, keine Mühsal mehr geben wird (Offb 21,4). Diese Hoffnung auf Glück und Frieden der Menschen in der Gemeinschaft mit Gott, wo wir auch diejenigen wiederfinden, die wir mit dem Tod verloren haben und noch verlieren werden, und von denen wir nie im Leben getrennt sein wollten. Laß alle Hoffnung fahren – wenn es nicht den in Christus gekreuzigten und auferstandenen Gott gibt, der sich selber dem Gesetz der Schöpfung: „Leben aus Tod", unterworfen hat.

Ohne den Gekreuzigten und Auferstandenen keine Hoffnung

Ein scheinbar widersinniges Gesetz: „Wenn das Weizenkorn nicht in die Erde fällt und stirbt, bleibt es allein; wenn es aber stirbt, bringt es reiche Frucht" (Joh 12,24). Dieses Wort sprach Jesus in der letzten öffentlichen Rede vor seinem Tod. Es müßte das innere Gesetz meines Lebens werden. Dann gewänne ich die Freiheit, vom Tod her zu leben. Dann wäre ich freier dem Tod gegenüber. Nähme ihn jetzt schon an. Ich könnte freier *leben vor dem Tod*, könnte das *Leben aus dem Tod* schon jetzt

Das Lebensgesetz des „Stirb und werde!"

erfahren. Eine Freiheit, wie Gott sie meint. Eine Freiheit ohne Ende.